삼국지

2. 황제와 권력 · 영웅과 신화

삼국지

2. 황제와 권력 · 영웅과 충신

초판 발행	2026년 04월 12일
초판 인쇄	2026년 04월 20일

지은이	나관중
글	이광진
그림	서영
펴낸이	김태헌
펴낸곳	스타파이브

주소	경기도 고양시 일산서구 덕이로 186 2층 203호
출판등록	2021년 3월 11일 제2021-000062호
전화	031-911-3416
팩스	031-911-3417

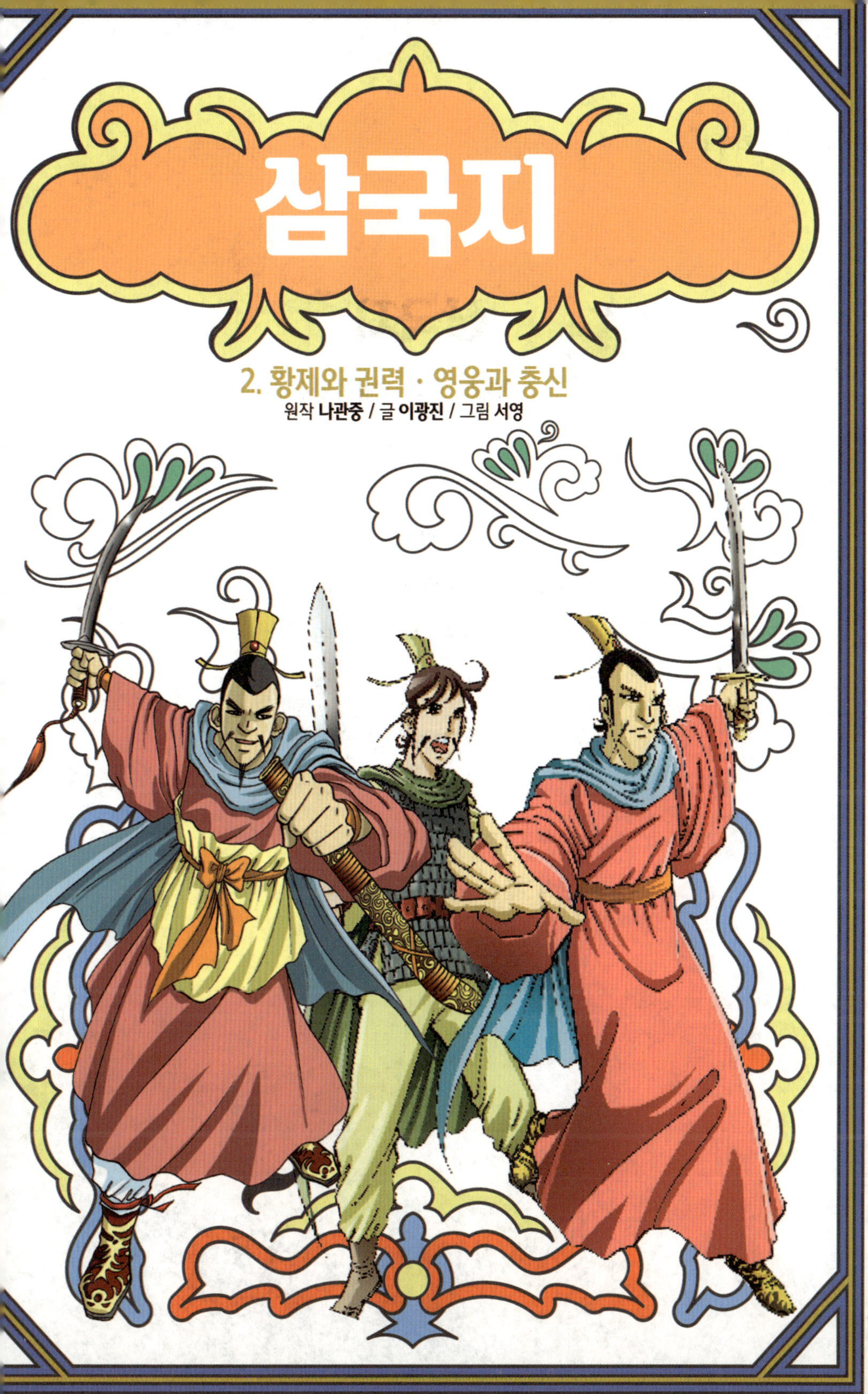

삼국지
2. 황제와 권력 · 영웅과 충신
원작 나관중 / 글 이광진 / 그림 서영
삼국지

1. 의리의 사나이 유비

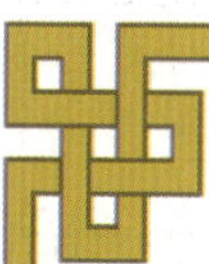

'조조가 죽어도 묻힐 땅이 없게 하겠다.'고 말한 사람은 미축이었어.
그는 도겸이 가장 믿고 일을 맡기는 보좌관이었지.
미축은 대대로 큰 부자인 집안에서 태어났는데, 젊은 시절 어느 날, 수레를 타고 가다가 아리따운 여자를 만났어.
저렇게 예쁜 여자가 왜 이처럼 호젓한 길을 혼자 걸어가고 있지?

저어……, 수레에 좀 태워 주세요. 다리가 아파요.
아, 예, 예……

어서 타세요.

처음 보는 여자와 수레를 함께 타는 건 예의가 아니지. 나는 걸어가자.

제 옆에 앉으세요. 저만 타고 수레의 주인을 걷게 하면 너무 미안하잖아요.

아, 예, 예……

미축은 마지못해 여자 곁에 앉았는데, 앞만 똑바로 볼 뿐 여자에게 곁눈질 한 번 하지 않았어.

모르는 여자를 훔쳐보는 것도 예의에서 벗어나지.

얼마쯤 가다가 여자는 수레에서 내렸어.
나는 '불의 신'이오.
화르르
하느님의 명령을 받고 그대의 집을 불태우러 가는 길인데, 그대가 나에게 깍듯이 예의를 지켜 주었기에 감동해서 알려 주니,
어서 집으로 가서 값진 재산을 모두 집 밖으로 내놓으시오. 밤에 내가 그대의 집으로 가겠소.

여자는 말을 마치자, 자취도 없이 사라져 버렸어.
아아, '불의 신' 이었구나.
미축은 급히 집으로 돌아가 집 안의 재물들을, 하인들을 시켜 집 밖으로 내다 쌓았어.
빨리빨리!
그날 밤, 여자가 말한 대로 미축의 집에서 불이 나, 집이 온통 타 버렸어.
아, 내가 너무 많은 재산을 가지고 있어, 하느님께서 내게 주의를 주셨구나.

갑작스럽고 놀라운 일을 겪은 미축은, 가난해서 고생하는 사람들에게 재산을 나눠 주었어.
줄을 서세요. 새치기하지 마세요.
고맙습니다.
복 받으세요.

서주 자사 도겸은 미축에 대한 소문을 듣고, 그를 불러 보좌관으로 삼았어.

마침내 미축은 도겸에게 자신의 꾀를 설명했어.
북해 태수 공융과 청주 자사 전해에게 편지를 보내, 군사를 일으켜 도와 달라고 하십시오.

공융에게는 제가 가겠습니다.
전해에게는 다른 사람을 보내십시오.

두 곳에서 군사가 오면, 조조는 물러가지 않을 수 없을 것입니다.
아, 참 좋은 생각이오!

그럼 누가 청주의 전해에게 가겠소?

제가 가겠습니다.
선뜻 나선 사람은 부하 진등이었어.

도겸은 미축을 북해로, 진등을 청주로 보내고, 자신은 서주성을 지켰어.

북해 태수 공융은, 먼 옛날의 큰 학자인 공자의 20대 후손인데, 어릴 적부터 아주 똑똑했어.

그는 열 살 때, 높은 벼슬을 하는 '이응'이라는 사람을 만나러 갔어.
대감님을 뵈러 왔네.

대감님은 아주 높은 분이셔서, 아무나 만나 주지 않으신답니다. 그러니 어서 돌아가십시오.
내 집안은 대감님 집안과 먼 옛날부터 아주 친하게 지내 왔네. 그러니 빨리 대감님께 안내하게.
너희 집안과 우리 집안이 먼 옛날부터 친했다고? 그게 무슨 말이냐?
먼 옛날에 저의 조상이신 공자께서 대감님의 조상이신 노자께 '예(禮)'에 대해 물으셨으니,

두 집안은 아주 오래전부터 친한 사이이지 않습니까?

허어, 참으로 재치 있고 똑똑한 아이로구나!

공자와 노자는, 그때부터 7백 년도 더 전에 살았던 뛰어난 학자이고,

'예'는 '사람이 마땅히 지켜야 할 도리'를 말해.

이때, 궁궐에서 높은 벼슬을 하는 진위라는 사람이 이응을 찾아왔어.

이 아이는 놀랍도록 똑똑한 아이요.

어릴 때 똑똑했다고, 어른이 되어서도 꼭 똑똑하지는 않더군요.

어르신의 말씀대로라면, 어르신께서는 어렸을 때 틀림없이 똑똑하셨겠군요.
뭐, 뭐라고?

공융의 말을 듣고 진위와 이응은 웃음을 터뜨렸어.
와하하
하하하

할아버지, 공융의 말이 무슨 뜻이기에 진위와 이응이 웃었어요?
준미, 준서야, 공융의 말이 무슨 뜻인지, 다시 한 번 생각해 보렴.
느낌으로는 알겠는데, 말로 표현하기는 좀 어려워요.
진위가 공융을 놀리자,
공융이 깜찍하게 진위의 말을 비꼰 거지. 진위가 똑똑하지 않다고 빈정거린 거야.
자기의 느낌이나 생각을 정확한 말로 표현하는 힘을 길러야, 토론이나 논술에서 뛰어나게 돼.

이때부터 공융은 이름이 나기 시작해, 벼슬길에 들어서서 승진을 거듭했는데,

그래서 그는 태수로서 북해를 다스리는 여섯 해 동안 인심을 많이 얻었어.

그런데 어느 날, 서주에서 미축이 공융을 찾아왔어.

조조가 많은 군사를 이끌고 와 서주성을 포위하고 마구 들이칩니다.

태수님께서 부디 서주를 구해 주십시오. 여기, 저희 도겸 자사님의 글을 가져왔습니다.

공융은 도겸의 편지를 읽고 나서 미축에게 눈을 돌렸어.

나는 도겸 자사와 친한 사이이고, 이름 높은 그대가 이렇게 직접 찾아왔으니, 어찌 서주를 도우러 가지 않겠소?

그런데 나는 조조와 원수진 일이 없어, 먼저 조조에게 편지를 보내 싸움을 그만두라고 해 보고,

조조가 내 말을 듣지 않으면 그때 군사를 일으키겠소.

조조는 군사가 많아 이길 자신이 있어서, 결코 태수님의 말을 듣지 않을 것입니다.

공융은 자기의 군사들에게 싸우러 갈 준비를 하게 하는 한편, 편지를 써서 조조에게 보냈는데,

그때 갑자기 급한 보고가 들어왔어.

황건적의 남은 장수 관해가 도적들 수만 명을 이끌고 쳐들어오고 있습니다!

뭐? 황건적?

공융은 급히 군사를 이끌고 성 밖으로 나가 적과 맞섰어. 관해가 소리를 질렀어.

여기 북해에 식량이 많다는 것을 알고 왔다! 식량을 1만 섬만 꾸어 주면 바로 물러가겠다!

그렇게 하지 않으면, 성을 깨뜨리고 사람들을 모조리 죽여 버리겠다!
나는 한나라의 신하로서, 나라의 땅을 지키고 있다! 어찌 너 같은 도적에게 귀한 식량을 줄 수 있겠느냐?
그렇다면 내가 너부터 죽여 주겠다!
관해가 크게 화가 나서 공융에게 덤비자, 공융의 장수 종보가 나섰어.
그런데 종보는 이내 관해의 칼에 맞아 죽었어.
너는 내가 맡겠다!
얏!
으악!

종보가 죽자, 공융의 군사들은 허둥지둥 성안으로 달아났어.
종보 장군이
돌아가셨다!
달아나자!
쫓아라!
와아!
쳐라!

공융의 군사는 성문을 굳게 닫고, 관해의 군사는 성을 둘러쌌어.

이튿날, 공융은 미축과 함께 성벽에 올라가 적을 살폈어.
도적의 무리가
엄청나게 많군.
성에 갇힌
꼴이 되어
답답하군요.

바로 이때, 웬 장수 하나가 적의 뒤쪽에서 적들 속으로 뛰어들더니,

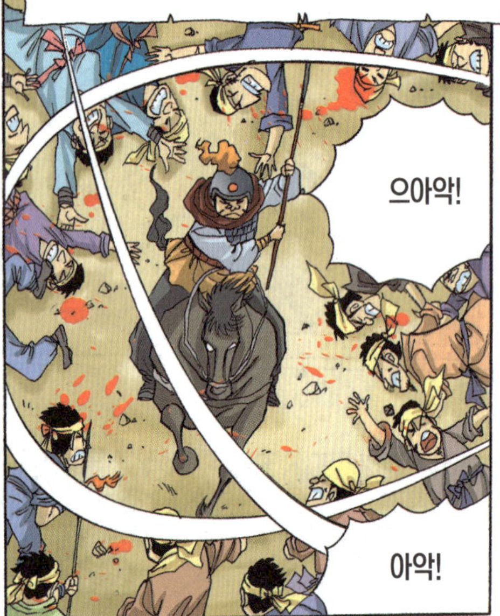

도적들을 마구 무찔렀어. 마치 강가 들판의 갈대들을 쓰러뜨리는 것 같았어.
으아악!
아악!

장수는 성문 앞으로 달려와 소리쳤어.
성문을 열어 주시오!

저 사람이 누구인지 알 수 없으니, 성문을 열어 주지 마라.
예.

도적들이 몰려와 장수를 둘러쌌어.
너는 독 안에 든 쥐다!
사로잡아라!

그래, 어디 사로잡아 봐라! 에잇!
엄마야!
뾰용
캑!
장수가 도적들을 또 무찌르자, 공융이 말을 바꾸었어.
빨리 성문을 열어 주어라.
예!

성문이 열려, 장수는 성안으로 들어가 공융을 만났어.
저는 '태사자'라는 사람입니다.
오, 태사자!

멀리 요동에 가 있다가 어제 어머니를 뵈러 집으로 왔는데, 어머니께서 제게 말씀하셨습니다.
네가 집에 없는 동안 공 태수님께서 나를 많이 보살펴 주셨단다.

태수님께서 쌀과 옷감을 보내셨습니다.
또 보내셨군요. 이 은혜를 어떻게 갚는담.

공융은 태사자를 만난 적이 없지만, 태사자가 뛰어난 영웅이라는 것을 들어서 잘 알고 있었어.

그래서 태사자가 멀리 가 있는 동안, 성 밖에서 혼자 사는 그의 어머니에게 식량과 옷감 등을 자주 보내 주었어.

애야, 그런데 지금 태수님께서 황건적 무리의 공격을 받아 위험하게 되셨단다.
예? 황건적의 공격을 받고 있다고요?

네가 빨리 가서 태수님을 도와 드려라. 그래야 나를 도와주신 은혜를 조금이라도 갚게 된다.
그래서 말에 올라 급히 달려왔습니다.
고맙소.
공융은 태사자에게 좋은 갑옷과 말을 주었어.
감사합니다.
아무쪼록 나를 많이 도와주시오.
저에게 날쌘 군사 천 명만 붙여 주십시오. 당장 성 밖으로 나가 도적들을 박살 내겠습니다.
그대가 아주 용맹스럽다는 것은 알지만, 도적들이 너무 많소. 함부로 움직이면 안 되오.

어머니가 태수님의 은혜를 갚으라고 저를 보내셨습니다. 적을 박살 내지 못하면 저는 어머니를 뵐 수가 없습니다. 목숨을 걸고 싸워 보겠습니다.

여기서 서쪽으로 멀지 않은 곳에 있는 평원국의 상 유비가 영웅이라 하오. 그가 도와준다면 적을 물리칠 수 있을 텐데,
적의 포위를 뚫고 그에게 편지를 가지고 갈 만한 사람이 없어서 걱정이오.
그렇다면 제가 가겠습니다.
오, 그대가 가 준다면 안심할 수 있지.
태사자는 공융이 써 준 편지를 가지고 성문을 나섰어.
어딜 가느냐?
막아라!

바쁘다, 비켜라!
으악!
캑!
엄청나게 센 놈이네!
덤빌래?
달아나자!
관해가 태사자를 보고, 기병들을 이끌고 덤볐어.
틀림없이 구원군을 부르러 갈 것이다! 살려 보내면 절대 안 된다!
와!
이!
너는 완전히 포위되었다! 말에서 내려 항복하라!
뭐라고?

태사자는 창을 안장에 걸쳐 놓더니, 활을 들어 기병들을 향해 마구 쏘았어.
악!
어서 덤벼라!
펑
꽥!
으악!
피
피
피
앞으로는 이 태사자 님께 함부로 덤비지 마라!
태사자는 유비에게 가서 공융의 편지를 전했어.
유명하신 공융 태수님께서 내가 이곳에 있다는 것을 아시다니 영광이오. 마땅히 가서 도적들을 무찔러 도와 드리겠소.

유비는 곧 날쌘 군사 3천을 이끌고 북해성 밖에 이르러 관해의 군사와 맞섰어.
도적은 빨리 말에서 내려 항복하라!
겨우 수천 군사로 수만이나 되는 나의 군사와 싸우겠다는 거냐? 너야말로 빨리 말에서 내려 항복해라!
착한 백성들을 함부로 죽이고 재물이나 빼앗는 졸개들이야 10만이 있다 한들 무슨 소용이 있느냐? 너는 그 졸개들의 두목이니 어서 목을 내놓아라!
뭐? 뭐가 어쩌고 어째?

너부터 목을 내놓아라!

태사자가 뛰어나가려고 하는데, 먼저 관우가 관해에게 덤볐어.
너는 내가 맡겠다!

이야아!
챙
챙
챙

이겨라! 우리 편!

브이·아이·시·티·오·아르·와이·
빅토리!

얍!
악!
돌격하라!
우와아! 와
으음, 태사자·관우·장비는
보통 장수가 아니군.
호랑이가 이리 떼를
덮치는 것 같아.
와아!
와아아!

공융도 군사를 이끌고 성문 밖으로 나가, 달아나는 도적들을 덮쳤어.
쳐라!
왕
아!

도적들은 크게 져서, 죽거나 항복하거나 뿔뿔이 흩어져 달아나거나 했어.
항복!
살려 줘!

공융은 유비를 성안으로 맞아들여 잔치를 베풀었어.
덕분에 도적들을 무찔렀소. 고맙소.
해야 할 일을 했을 뿐입니다.
먹자.

그리고 미축을 유비에게 소개하고, 장개가 조숭을 죽인 일을 이야기했어.
그래서 조조가 아버지의 원수를 갚겠다고
군사를 이끌고 와, 서주의 백성들을 닥치는 대로 죽이고 서주성을 에워싸고 있어,

도겸 자사가 미축 공을 나에게 보내 도와 달라 하고 있소.
도겸 자사님은 아주 어진 분이신데, 엉뚱하게도 억울한 일을 겪고 계시군요.
조조가 자기의 군사가 세다고 해서 죄 없는 백성을 해치고, 약한 도겸 자사를 억누르고 있소.
유 공은 한나라 황실의 종친이니, 나와 함께 가서 도겸 자사를 도와 드리지 않겠소?
저는 군사도 모자라고 장수도 적어, 함부로 움직이기가 어렵습니다.
내가 도겸 자사를 도우려는 것은, 지난날의 정 때문만이 아니오. 사람으로서 마땅히 해야 할 일을 하려고 해서요.
유 공도 옳은 일을 마다하지 않겠지요?
그럼 태수님께서 먼저 가십시오.

저는 공손찬 태수에게 가서 몇천 군사라도 빌려 이끌고 곧 뒤따라가겠습니다.
고맙소.

미축 공은 먼저 서주로 가서 도겸 자사께, 이 공융과 유비 공이 곧 도우러 간다고 전하시오.

이때, 태사자가 공융에게 다가왔어.
양주 자사 유요는 저와 한고향 사람인데, 편지를 보내 저에게 오라고 하니 가지 않을 수 없습니다.

뒷날 또 뵙겠습니다.
목숨을 걸고 도와준 은혜, 잊지 않겠소.

공융이 금과 비단을 주어 보답하려 했으나, 태사자는 사양하고 떠났어.

공융은 바로 군사를 일으켰어.

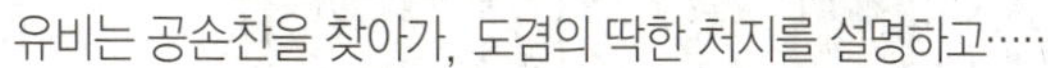

유비는 공손찬을 찾아가, 도겸의 딱한 처지를 설명하고……

군사를 좀 빌려 주십시오.
그렇다면 기병과 보병, 합쳐서 2천 명을 빌려 주겠네.
조운도 함께 가게 해 주십시오.
그러지.

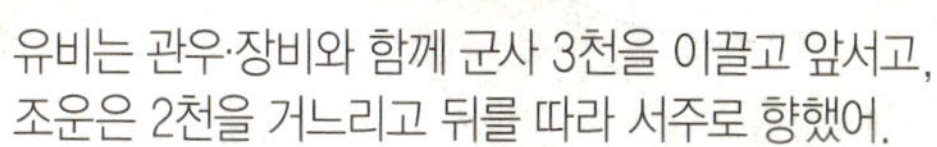

유비는 관우·장비와 함께 군사 3천을 이끌고 앞서고, 조운은 2천을 거느리고 뒤를 따라 서주로 향했어.

미축은 먼저 서주로 돌아가 도겸에게 보고했어.
공융 태수님이 군사를 이끌고 오시고, 유비 공도 도우러 오기로 했습니다.
진등도 돌아와 보고했어.
청주의 전해 자사님이 군사를 거느리고 도우러 오기로 했습니다.
오, 그래? 이제야 마음이 좀 놓이는군.

이윽고, 공융이 이끄는 군사와 전해가 거느린 군사가 따로따로 서주성 가까이 이르렀어.
조조의 군사가 엄청나게 많군.
조조군의 기세가 생각보다 훨씬 높아. 함부로 싸우면 안 되겠어.
귀찮은 것들이 두 무더기나 왔군. 뒤에서 덤빌지 모르니, 성 공격을 멈춰야겠어.
오오, 드디어 구원군이 왔군!

이때, 유비가 군사를 거느리고 공융의 진영으로 왔어.

조조의 세력이
아주 크군요.

세력이 클 뿐 아니라
조조가 전략에 밝으니,
어설프게 덤비면 안 되오.

조조군의 움직임을
잘 살핀 뒤에
움직여야 하오.

성안의 식량이 모자라,
오래 버티기가 어려울
것입니다. 관우와 조운에게
군사 4천을 주어 태수님을
도와 드리게 하고,

저는 장비와 함께
1천 군사를 이끌고
조조군을 뚫고
성안으로 들어가,

도겸 자사님과
함께 작전을
의논해 보겠습니다.

좋은
생각이오.

적의 포위망을 뚫고
성안으로 들어간다!
돌격!

우아!

조조의 진영에서 장수 우금이 군사를 거느리고 나왔어.
웬 놈들이냐?
장비가 아무 대꾸도 하지 않고 튀어 나가 우금에게 덤볐어.
챙!
조조군을 향해 돌격하라!
와아아!
장비와 유비가 함께 덤비니 안 되겠다! 달아나자!
포위망을 뚫고 성안으로!
와아아!

평원유비
빨리 성문을
열어라!

평원유비

어려움에 빠진
나를, 목숨을
걸고 구하러 와
주어서 고맙소.
자사님께서는
아무런 잘못도 없는데,
조조가 군사의 힘만
믿고 서주의 백성들을
함부로 해치고
있습니다.
맛있다, 냠냠.

아버지의 원수를 갚는다는 핑계를 대고, 자사님의 서주를 빼앗으려는 게 틀림없습니다.
황제 폐하께서 자사님께 서주를 맡기셨으니, 함부로 서주를 빼앗을 수는 없습니다.
으음, 과연 듣던 대로 유비는 훌륭한 인물이군!
유 공께서 이것을 받아 주시오.
그것이 무엇입니까?
서주 자사의 도장이오.

서주 자사의 도장을
가진다는 것은 곧, 서주를
다스리는 자사가 된다는 것을
뜻하는 거야.

왜 그것을
저에게……?

지금
세상이 크게
어지러워져,
나라가
위태롭게
되었소.

유 공은 한나라
황실의 종친이니,
힘을 다해
나라를
바로잡아야
하오.

나는 늙고 능력이
모자라, 서주를
다스릴 힘이 없소.
그래서 공에게
서주를 맡기고 싶소.

공은 이 늙은이의 깊은 뜻을
사양하지 마시오. 나는 나의 이 뜻을
바로 조정에 알리겠소.

저는 비록 한나라 황실의 후예이긴 하지만, 나라를 위해 크게 공을 세우지도 못했고 사람됨도 변변치 못해, 평원국의 상 자리도 분에 넘칩니다.
제가 여기에 온 것은, 세상의 큰 의로움을 위해 자사님을 도와 드리려고 해서입니다. 결코, 서주를 넘보아서가 아닙니다.
제가 나쁜 마음을 품었다면, 하늘이 저를 가만두지 않을 것입니다.
내가 한 말은 나의 진심이오. 제발, 이 도장을 받아 주시오.
안 됩니다.

도겸과 유비의 이야기를 듣고 있던 미축이 나섰어.
지금 조조의 군사가 성을 포위하고 있으니, 먼저 그들을 물리칠 방법을 의논하셔야 합니다.

두 분이 말씀하시는 문제는, 그들을 물리친 다음에 다시 의논하시지요.

미축 공의 말이 맞습니다. 제가 조조에게 편지를 보내, 싸움을 그만두라고 해 보겠습니다.

조조가 저의 말을 듣지 않으면, 그때 무찔러도 늦지 않습니다.

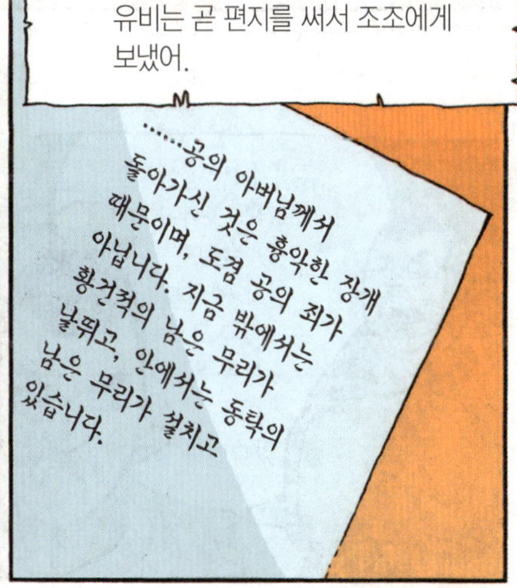

유비는 곧 편지를 써서 조조에게 보냈어.
……공의 아버님께서 돌아가신 것은 흉악한 장개 때문이며, 도겸 공의 죄가 아닙니다. 지금 성 밖에서는 황건적의 남은 무리가 날뛰고, 안에서는 동탁의 남은 무리가 설치고 있습니다.

공께서는 먼저 나라의 어지러움을 바로잡고, 개인적인 아버님 원수는 나중에 갚으십시오.

쉬주에서 군사를 거두어 나라를 어려움에서 구하십시오. 그러면 쉬주뿐 아니라 천하가 참으로 다행이겠습니다.

유비 이놈이 건방지게 감히 나를 비웃고 타이르다니!
따당!

이 따위 편지를 가지고 온 저 사자의 목을 베고, 당장 성을 공격하라!

참모 곽가가 나섰어.
유비가 먼 곳에서 도겸을 도우러 왔는데도, 먼저 예의를 갖추고 싸움을 미루고 있습니다.

그러니 주공께서는 그 예의에 어울리는 좋은 말로 답장을 보내, 유비가 마음을 놓게 해야 합니다.

여포는 이각·곽사 등이 반란을 일으켰을 때 반란군에게 져서 원술에게 기대려고 찾아갔는데, 원술이…….

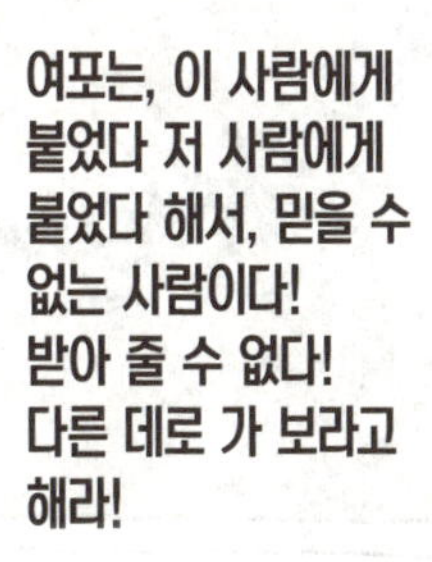

여포는 할 수 없이 원소에게 갔어. 원소는 여포를 받아들여, 상산국에서 반란을 일으킨 장연을 함께 무찔렀어.

원소가 죽이려 하자, 여포는 자기의 군사들을 이끌고 친구인 하내 태수 장양을 찾아갔어.

이때, 여포와 친한 방서라는 사람이, 장안에 숨겨 두었던 여포의 처자식들을 여포에게 몰래 보내 주었어.

이각과 곽사는 이 사실을 알고 방서를 잡아 죽이고, 장양에게 편지를 보내 여포를 죽이라고 했어.

여포는 또 도망쳐, 진류 태수 장막에게 갔어.
이그, 도망치기 바쁘네!

장막이 여포를 받아들이자, 장막의 동생 장초가 진궁을 데리고 와 장막에게 소개했는데, 진궁이 장막에게 말했어.
지금 천하가 어지러워, 영웅들이 여기저기서 일어나고 있습니다.

공께서는 넓은 땅과 많은 백성들을 다스리고 계신데도, 하찮은 이각·곽사 무리의 명령을 받고 있습니다.

우습고 아니꼽지 않으십니까?
으음, 그게 그렇군.

여포는 군사를 이끌고 가서 연주성을 빼앗고, 이어서 연주의 복양성으로 쳐들어갔어. 순욱과 정욱은 여포의 군사들과 용감히 싸웠지만,

견성·동아·범현, 세 현만 남기고, 그 밖의 군·현이 모두 여포의 손에 들어갔어.

세 현을 지키던 조인은 급히 군사를 조조에게 보냈어.
세 현도 위험합니다!

조조는 보고를 받고 크게 놀랐어.
연주를 다 잃으면, 나는 돌아갈 곳이 없어진다! 어떻게 해야 하지?

참모 곽가가 나섰어.
일이 이렇게 되었으니, 유비에게 선심을 베푸는 척 군사를 물려, 연주성과 복양성을 되찾으면 됩니다.
그럼 빨리 연주로!

조조가 군사를 이끌고 물러가자, 도겸은 곧 공융과 전해, 관우, 조운 등을 성으로 맞아들여 잔치를 크게 열었어.
여러분이 도와주셔서 서주의 많은 백성들이 목숨을 구했소. 뭐라고 감사의 말을 해야 좋을지 모르겠소.

잔치가 끝나자, 도겸은 유비의 손을 잡고 사람들을 둘러보았어.
유 공은 황실의 후손으로서 덕이 많고 능력도 뛰어나, 서주를 잘 다스릴 수 있을 것이오.
나는 많이 늙고, 아들 둘은 재주가 모자라, 서주를 다스리기가 어렵소.
이 늙은이는 벼슬에서 물러나, 병이나 치료하며 조용히 지내고 싶소.
제가 이곳에 온 것은 의리를 위해서입니다. 그런데 제가 별 이유도 없이 서주를 차지하면,
세상 사람들이 모두 저를 의리 없는 사람이라고 손가락질할 것입니다.

미축이 유비에게 다가갔어.

지금 황실이 힘을 잃어, 세상이 어지러워졌습니다. 그러니 뜻 있는 사람들이 나서서 나라를 위해 힘써야 합니다.

서주는 물자가 넉넉하고 백성이 많습니다. 유 공께서는 자꾸 사양하지 마시고 서주를 맡아 다스리시지요.

안 됩니다. 그렇게 할 수 없습니다.

이번에는 진등이 나섰어.

도겸 자사님께서는 늘 몸이 편찮으셔서 일을 제대로 하시기가 어렵습니다.

그러니 유 공께서는 자사님의 뜻을 물리치지 마십시오

원술은 가장 높은 집안 사람으로서, 많은 사람들이 그를 따르고 있습니다.

그가 가까운 곳에 있으니, 그에게 서주를 맡기시지요.

잠자코 있던 공융이 입을 열었어.
원술은 큰일을 맡을 만한 인물이 못 되오.
오늘의 일을 생각해 보면, 하늘이 서주를 유 공에게 주는 모습이오. 유 공이 받지 않으면 뒷날 크게 뉘우치게 될 것이오.

저는 서주를 받을 수 없습니다.
유 공이 내 뜻을 저버리면, 나는 죽어도 눈을 감지 못할 것이오.

관우와 장비가 보다 못해 끼어들었어.
형님이 억지로 빼앗으려는 것도 아니고, 자사님께서 스스로 주시겠다는데, 그렇게까지 안 받겠다고 버틸 건 또 뭐요?
도겸 자사님께서 이토록 바라시니, 형님이 잠깐만이라도 서주를 맡으시지요.
납답
동생들은 나를 의리 없는 사람으로 만들 건가?
정말 말이 안 통하네!
도겸이 생각하다가 다시 입을 열었어.
유 공의 생각이 꼭 그렇다면, 마지막으로 힌미디 하겠소.
여기서 멀지 않은 곳에 소패라는 현이 있는데, 군사를 거느리고 머무를 수 있는 성이 있소. 유 공이 잠시 그곳에 머물면서 서주를 지켜 주시오.

유비는 관우·장비와 함께 군사를 이끌고 소패성으로 가서, 성을 튼튼히 고쳐 쌓고 백성들을 잘 다스렸어.

조조가 군사를 이끌고 연주 땅으로 들어가자, 조인이 군사를 거느리고 나와 조조를 맞았어.
형님, 기다리고 있었습니다.

여포의 군사가 거세고 참모 진궁이 여포를 돕고 있어, 연주성과 복양성을 잃었습니다.

견성·동아·범현, 세 곳은 순욱과 정욱이 지혜를 모으고 힘을 다해 지키고 있습니다.

여포는 용맹스럽기는 하지만 꾀가 모자라니 걱정할 것 없다.

한편 연주성에 있는 여포는, 조조가 서주에서 군사를 돌려 연주 땅으로 들어왔다는 보고를 받고, 부하 장수 설란과 이봉을 불렀어.
너희는 군사 1만을 거느리고 연주성을 굳게 지켜라.

설란과 이봉이 물러가자, 진궁이 급히 여포에게 왔어.

그의 군사들이 반쯤 지나갔을 때 치면 조조를 사로잡을 수 있습니다.
내가 복양성으로 가려는 것은, 연주성의 군사와 복양성의 군사로 양쪽에서 조조의 군사를 치려고 해서요.
그러니 그대는 더 이상 말하지 마시오.
여포는 서둘러 군사를 이끌고 복양성으로 갔어.
이때 조조는 태산의 험한 길에 이르렀는데, 곽가가 걱정했어.
잠깐 멈추어 사방을 살펴봐야 합니다. 적이 숨어 있을지도 모릅니다.

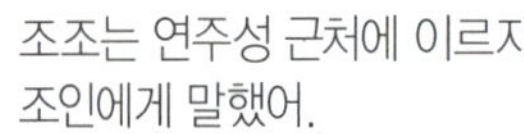

조조는 연주성 근처에 이르자 조인에게 말했어.

한편, 복양성에서는 진궁이 여포에게 말했어.

나는 말 한 마리를 몰아 천하를 누벼 왔소! 조조 따위 걱정되지 않소! 그가 진영을 세우기를 기다렸다가 쳐서 그를 사로잡겠소!
조조는 복양성 가까운 곳에 진영을 세웠어.
다음 날, 복양성 밖 들판에서 조조군과 여포군이 맞섰어.
너는 왜 함부로 나의 성들을 빼앗았느냐?
한나라의 땅은 아무나 가질 수 있다! 왜 너만 가져야 하느냐?

마침내 싸움이 벌어졌어. 조조군은 여포군의 공격을 받고 크게 져서 3, 40리나 달아났어.
으아, 달아나자!
첫 싸움에 졌소. 어떻게 하면 좋겠소?
장수 우금이 나섰어.
오늘 산에 올라가 살펴보니, 복양성 서쪽에 여포군의 진영이 하나 있는데, 군사가 많지 않은 것 같았습니다.
그들은 우리가 져서 달아났다고, 오늘 밤 아무런 주의도 하지 않을 테니,
군사를 이끌고 가서 덮치면 진영을 빼앗을 수 있을 것입니다.
좋소. 그렇게 합시다!

조조는 그날 밤 군사를 이끌고, 여포의 서쪽 진영으로 향했어.
참모 진궁이 나섰어.
조조가 오늘 이 여포에게 혼쭐이 났을 거요, 허허허.
서쪽 진영은 우리에게 아주 중요한 곳입니다. 조조가 습격이라도 하면 어쩌시렵니까?
오늘 저서 달아난 조조가 어떻게 습격하겠소?
조조는 꾀가 많은 사람이니, 우리가 마음 놓고 있을 때 허술한 곳을 덮칠지 모릅니다. 미리 대비해야 합니다.

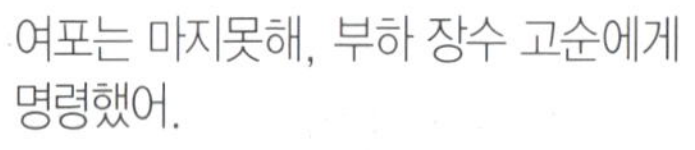

여포는 마지못해, 부하 장수 고순에게 명령했어.
군사를 나누어 이끌고 서쪽 진영으로 가서 굳게 지키시오.
예.

그런데 고순의 군사가 이르기 전에, 조조는 여포의 서쪽 진영을 덮쳤어.
쳐라!
와아

서쪽 진영을 지키던 얼마 안 되는 여포의 군사들은 뿔뿔이 흩어져 달아났어.
살려 줘!
걸음아, 날 살려라!
왓!

조조는 쉽게 여포의 서쪽 진영을 빼앗았는데, 한밤중에 고순이 군사를 이끌고 이르러 덤볐어.
없애라!
무찔러라!
으악!
와아아!
왁!

고순의 군사와 조조의 군사는 날이 샐 때까지 어지럽게 싸웠어.
죽여라!
모두 쳐라!

이때, 조조의 군사 하나가 조조에게 뛰어와 보고했어.
여포가 직접 많은 군사를 이끌고 달려옵니다!
뭐? 여포가?

안 되겠다! 달아나자!

그런데 여포군의 선봉대가 조조에게 덤볐어.
조조, 이놈! 어디로 달아나느냐?
잡아라!

달아나는 조조의 앞쪽에서, 여포의 다른 군사들이 활을 쏘며 몰려왔어.
조조, 항복하라!
누구, 나 좀 살려 다오!
퍼 퍼 퍼 펑
전위가 기병들을 이끌고 달려왔어.
주공, 걱정하지 마십시오.
오, 전위!
전위는 말에서 내려 철극들을 땅에 꽂고,
콱!
짧은 극 10여 개를 왼손에 들고, 고개를 숙여 적들의 화살을 피하며 부하 기병들에게 소리쳤어.
적들이 열 걸음 앞에 이르면 알려라!

순간, 전위는 머리를 번쩍 들더니, 짧은 극들을
적들에게 번개같이 날렸어.

무, 무섭다!
달아나자!

전위는 조조를 구해 진영으로 향했어. 그런데…….

조조는 달아나지 마라!
으악, 여포다!

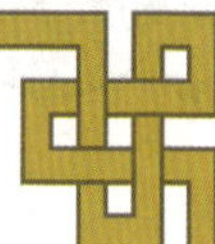

2. 조조를 보지 못했는가?

조조, 이 여포의 화극을 받아라!
여포, 이놈! 너는 이 하후돈이 맡겠다!
귀찮은 놈이 왔구나!
챙
챙
챙

이때 갑자기, 비가 억수로 쏟아졌어.
촤아아
비 때문에 안 되겠다. 다음에 싸우자.
좋다.
싸
전위 장군, 나를 구해 주어서 고맙소. 그대의 벼슬을 높이고 많은 상을 내리겠소.
감사합니다.

한편, 여포의 진영에서는 진궁이 여포에게 말했어.

복양성에 전씨라는 큰 부자가 있는데, 부리는 사람이 천 명이나 되어 세력이 아주 셉니다.

그를 이용해서 조조에게 비밀 편지를 보내게 해, 조조를 복양성 안으로 꾀어 들여 죽이십시오.

흠, 그거 아주 멋진 생각이오.

전씨는 곧 조조에게 비밀 편지를 보냈어.

여포는 잔인하고 거칠어 백성들이 모두 그를 미워합니다. 그런데 지금 여포는 여양으로 가서, 복양성이 비어 있습니다. 장군께서 군사를 이끌고 쳐들어와 차지하십시오.

제가 성안에서 도와 드리겠습니다. 성 위에 암호로 '옳을 의(義)' 자를 쓴 깃발을 꽂아 놓겠습니다.

하늘이 나에게
복양성을 주시는구나!

조조는 바로 군사를 일으켜 복양성으로 향했어.

됐다!
'의' 자가 쓰인
깃발이 있다!

조조가 복양선 성문 밖에 이르자,
한 사람이 달려왔어.
전씨께서 비밀 편지를
보내셨습니다.

밤이 되자, 성 위에서 징 소리가 나고, 성문이 활짝 열렸어.

조조가 성안의 한가운데까지 쳐들어갔는데, 사람이 아무도 없었어.
성이 텅 비었잖아!
어떻게 된 거야?
조조를 잡아라!
앗, 속았다!
화르르 지이잉 둥둥둥둥둥!
빨리 성 밖으로 후퇴하라!

조조가 북문 쪽으로 달아나는데, 적 장수 장료, 학맹, 조성이 덤볐어.
조조, 거기 서라!
조조는 남문 쪽으로 말 머리를 돌렸어. 그런데 이번에는 적 장수 고순과 후성이 앞을 막았어.
조조는 다시 북문 쪽으로 달아나기 시작했어.
와아
아!
조조는 항복하라!
앗, 여포다!

조조는 재빨리 손으로 얼굴을 가렸어.

여포가 조조에게 다가와, 화극으로 조조의 투구를 치며 소리쳤어.
조조를 보지 못했는가?

저, 저, 저기 누런 말을 타고 달아나는 장수가 조조입니다.
알았다! 고맙다!

여포는 누런 말을 탄 장수를 쫓아가고, 조조는 동문 쪽으로 달아났어.
전위와 하후돈이 어느 틈에 조조를 따라왔어.
주공, 여기 계셨군요! 성안에서 한참 찾았습니다.
오, 전위! 나를 살려 다오!

인제 걱정하지 마십시오.
저희가 모시겠습니다.

동문으로
빠져나가야
합니다!

화르르

우지직
콰당
앗, 성문의
대들보가!

으악, 뜨거워!
사, 살려 다오!

주공, 이 하후돈의
말 뒤에 타십시오!

조조는 전위와 하후돈의 도움으로 가까스로 목숨을 건져 진영으로 돌아갔어.
잠깐 실수로 속임수에 걸려 큰일 날 뻔했소. 내가 꼭 신세를 갚겠소.

곽가가 다그쳤어.
어떻게 신세를 갚으시겠습니까? 빨리 갚도록 하시지요.

놈들의 속임수를 거꾸로 이용하면 되오.

내가 동문을 빠져나가다가 불에 데어 죽었다고 거짓 소문을 퍼뜨리시오.
그러면 틀림없이 여포가 군사를 이끌고 쳐들어올 것이오.
그때, 우리가 군사를 마릉산에 숨겨 두었다가 갑자기 치면, 여포를 사로잡을 수 있을 것이오.
아주 좋은 생각이십니다!
조조의 군사들은 상복을 입고 거짓 장례를 치르는 한편, 조조가 죽었다고 소문을 퍼뜨렸어.
여포의 부하 하나가 급히 여포에게 달려갔어.
어헝이코
조조가 복양성에서 달아나다가 동문에서 불에 데어 죽었다고 합니다!
뭐라고? 조조가 죽었다고?

장례 치르는 것을 보았습니다.
됐다! 당장 가서 조조군을 박살 내자!

모조리 무찔러라!

어? 이게 무슨 소리냐?

여포, 이놈! 항복하라!
앗, 어떻게 된 거야? 조조가 살아 있잖아!

여포는 많은 군사를 잃고 크게 져서,

복양성으로 도망쳐 들어가
문을 굳게 닫고 나오지 않았어.

그런데 갑자기 메뚜기 떼가 하늘을 가리며
까맣게 몰려와 들판의 곡식을 모조리 갉아먹어,

사람들이 먹을 것이 없어 배가 고파
서로 잡아먹는 일까지 벌어졌어.
네놈들을
잡아먹어야겠다!
네가
식인종이냐?

조조는 군량이 떨어져
군사를 이끌고
견성으로 가고,

여포도 군량이 바닥나 산양으로 갔어. 싸움을 그친 거지.
메뚜기 떼가 싸움을 말렸군요.
그 메뚜기들 좀 잡아다 볶아 먹으면 고소할 텐데…… 쩝!
한편, 도겸은 나이가 예순셋이나 되고 깊은 병에 걸려, 미축과 진등을 불렀어.
조조가 서주에서 물러간 것은, 여포가 연주를 쳤기 때문입니다.
내가 오래 살지 못할 것 같은데, 서주를 어떻게 하면 좋겠소?
지금 메뚜기 때문에 먹을 것이 없어 잠시 군사를 물렸지만, 내년 봄이 되면 틀림없이 또 서주로 쳐들어올 것입니다.
주공께서 전에 두 차례나 유비에게 서주를 맡아 달라고 하셨는데, 그때에는 건강하셔서 유비가 맡지 않았지만,

이제는 병환이 심하시니 유비도 더는 사양하지 못할 것입니다.

도겸은 곧 소패에 사람을 보내 유비를 오게 했어.

유 공, 이 늙은이는 깊은 병이 들어 언제 죽을지 모르오.

서주를 맡아 주시오. 그래야 이 늙은이가 마음 놓고 눈을 감겠소.

아드님이 두 분이나 계신데, 왜 그들에게 서주를 물려주지 않으십니까?

그 애들은 서주를 맡을 만한 인재가 못 되오.

그것은 저도 마찬가지입니다.

공을 도울 수 있는 사람 하나를 추천하겠소. 북해 사람인데, 손건이라 하오.

도겸은 힘겹게 미축을 돌아보았어.
유 공은 이 시대의 인물이니, 잘 모시도록 하시오.

도겸은 말을 마치고 숨을 거두었어.
오, 주공! 흑흑……!

유 공!

돌아가신 분의 말씀대로, 서주를 맡아 다스려 수십시오.
안 되오! 그것만은 안 되오!

유 장군님! 장군님께서 우리 서주를 맡지 않으시면, 우리 서주 백성들은 편히 살 수가 없습니다!

백성들이 저렇게 바라니, 서주를 맡으시지요.
큰형님은 저 사람들이 불쌍하지도 않우?
그렇다면 잠시만 서주를 맡도록 하겠다.
유 장군님 만세!
인제 살았다! 만만세!
유비는 손건과 미축을 보좌관으로 삼고, 진등을 참모로 삼았어. 그리고 소패에 있는 군사를 모두 서주성으로 옮겼어.
한편 견성에 있는 조조는, 도겸이 죽고 유비가 서주를 차지했다는 소식을 듣고 크게 화를 냈어.
내가 아직 아버지의 원수를 갚지 못했는데, 유비가 서주를 거저 차지 하다니……!

내가 반드시 유비를 죽이고 도겸의 시체를 파서 아버지의 원수를 갚겠다! 당장 군사를 일으키겠다!
순욱이 나섰어.
주공께서 서주를 치러 가시면, 여포가 쳐들어와 연주를 잃게 됩니다.
지금 서주는 유비가 지키고 있으니, 서주의 백성들이 유비를 도와 목숨을 걸고 싸울 것입니다.
주공께서 연주를 잃고 서주를 빼앗지 못한다면 어디로 가시겠습니까? 깊이 생각하십시오.
식량이 모자란데 군사들을 오래 가만히 있게 하는 것도 좋은 방법이 아니오.

그렇다면 동쪽 지방의 황건적 무리를 치십시오.

황건적의 남은 장수 하의와 황소가 많은 무리를 모아 여러 곳에서 빼앗은 금과 비단, 식량 따위를 산더미같이 쌓아 놓고 있는데,

그들을 무찌르면 조정에서 기뻐하고, 백성들이 좋아할 것입니다.

그거 좋겠군.

조조는 견성을 하후돈과 조인에게 지키게 하고, 황건적 무리를 무찌르려고 동쪽 지방으로 나아갔어.

이윽고, 조조는 황건적과 맞섰어.

도적들은 어서 항복하라!

겁나게 많은 우리의 군사가 눈에 보이지 않느냐? 네가 어서 항복하라!
전위가 내달아 황건적의 부원수를 단숨에 거꾸러뜨리고,
으악!
이얍!
조홍이 적의 장수 하만을 단칼에 쳐 죽였으며,
이전이 말을 몰아, 적의 우두머리 황소를 사로잡았어.
이놈!
엄마야!

하의는 기병 수백을 이끌고, 갈파 쪽으로 달아나기 시작했어.

애고, 안 되겠다. 달아나자!

하의가 갈파 땅에 이르자 갑자기, 몸집이 아주 우람한 사나이가 부하들을 이끌고 나타나 길을 막았어.

도적놈아, 빨리 항복해라!

웬 놈이냐? 비키지 않으면 죽여 버리겠다!

덤비는 하의를, 사나이는 가볍게 사로잡았어.

요놈!

하의의 부하들은 모두 말에서 내려 항복했어.

모, 목숨만 살려 주십시오!

저, 저도요!

사나이는 하의의 부하들을 모두
갈파의 작은 성으로 끌고 가 가두었어.

군사를 이끌고 하의를 쫓아가던 전위 앞에
또 그 사나이가 나타났어. 전위가 소리쳤어.
너도 황건적
나부랭이냐?

이 몸이 황건적 수백 명을
사로잡아 성에 가두어
놓았다!
놈들을 모두
나에게 바쳐라!

흐흐흐, 네가 내 멋진
칼을 이기면 그들을
넘겨주겠다!
뭐라고?
이놈이!

전위와 사나이는 불꽃 튀게 싸웠는데,
챙
쌔
챙

해가 질 때까지 싸워도 승부가 나지 않아, 마침내 싸움을 쉬었어.
내일 다시 싸우자.
좋다.

사나이 소식을 듣고 조조가 달려와 전위에게 말했어.
내일은 싸우다 달아나는 척하고, 파 놓은 함정으로 사나이를 꾀시오.
이튿날, 전위는 또 사나이와 싸우다가 갑자기 말 머리를 돌려 달아나기 시작했어.
비겁하게 어디로 도망가느냐!

사나이는 전위를 쫓다가, 파 놓은 함정에 빠져 버렸어.
앗!
사로잡아 왔습니다!
왜 뛰어난 장수를 묶어 왔느냐?

조조는 손수 사나이의 밧줄을 풀어 주었어.
그대는 누구시오?
초국 초현 사람으로 '허저'라고 합니다.
전에 황건적이 난을 일으켰을 때, 종족 수백을 모아 작은 성을 쌓고 그들을 물리쳐, 지금까지 이곳을 지키고 있습니다.
그대의 이름을 들은 지 오래되었소. 앞으로 나를 도와주지 않겠소?
받아 주신다면 힘껏 모시겠습니다.
조조는 하의와 황소의 목을 잘라 동쪽 지방의 황건적을 모조리 무찌르고 견성으로 향했어.
조조가 견성에 이르자, 견성을 지키고 있던 조인과 하후돈이 보고했어.
연주성을 지키는 설란과 이봉의 군사들이 백성들의 재물을 빼앗으러 성 밖으로 많이 나가, 성이 허술하다고 합니다.

황건적들을 무찌른 군사로 휘몰아치면, 단번에 연주성을 빼앗을 수 있을 것입니다.
그거 좋은 생각이다!

조조는 바로 군사를 이끌고 연주성으로 내달았어.

두 두 두 두..

설란과 이봉이 허겁지겁 군사를 이끌고 성에서 나와 조조군과 맞섰어.
허저가 조조 앞으로 나섰어.
제가 저 두 사람을 잡아다 첫 선물로 바치겠습니다.

허저는 말을 몰고 나아가, 덤비는 이봉을 단칼에 쓰러뜨렸어.
이놈!
캑!

이봉이 허저의 칼에 맞아 죽자, 설란은 달아나다가 여건이 쏜 화살에 맞아 고꾸라졌어.
쐐

마침내 조조는 연주성을 빼앗았어.

정욱이 조조 앞에 나섰어.
주군, 이긴 기세를 몰아 복양성까지 빼앗으시지요.
좋은 생각이오.

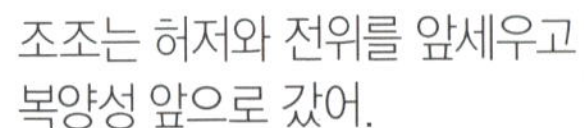

조조는 허저와 전위를 앞세우고
복양성 앞으로 갔어.

여포가 군사를 이끌고 성에서 나와
조조와 맞섰어.

조조, 이놈!
내가 아끼는
장수들을 죽이고
연주성을
빼앗다니
괘씸하다!

여포, 건방진 소리
하지 마라!
허저가 나가신다!

허저와 여포가 맞붙었는데,
좀처럼 승부가 나지 않았어.

챙
챙
챙

여포는 허저
혼자 싸워서
이길 수 있는
상대가 아니다!

그렇다면
이 전위가 나갑니다!

전위에 이어, 하후돈·하후연·악진·이전이 튀어나갔어.

조조군의 여섯 맹장이 한꺼번에 여포를 공격했어.
챙
채
챙
챙

여포는 견디지 못해 말 머리를 돌려 성 쪽으로 달아나기 시작했어.

여섯 놈이나 덤비다니,
아이고, 안 되겠다!

성안의 부자 전씨가 성문 다락에서
여포와 조조의 싸움을 지켜보다가,
여포가 져서 도망쳐 오는 것을 보고,

성문 앞 해자의 다리를 급히 올리게 했어.
빨리!

다리를 내려라!
성문을 열어라!

나는 이미
조조 장군에게
항복했다!

배신자 놈!
내 너를 결코
가만두지
않겠다!

여포는 할 수 없이 얼마 되지 않는 군사를 이끌고 정도성 쪽으로 달아났어.
진궁은 여포의 가족을 데리고 복양성의 동문으로 빠져나갔어.

조조는 복양성을 빼앗고,
전씨의 지난 죄를 용서해 주었어.

참모 유엽이 조조에게 급히 말했어.

여포는 아주 사나운
호랑이입니다. 어려움에
빠졌을 때 힘을 되찾을
시간을 주면
안 됩니다.

끝까지 쫓아가
없애 버려야
합니다.

옳은 말이오.

조조는 유엽에게 복양성을 지키게 하고 정도현으로 가서, 정도성 가까이에
진영을 세웠어.

마침 근처의 밀밭에서 밀이 익어 가고
있어서, 조조는 군사들에게 밀을 베어
오게 했어.

여포는 조조의 군사들이 밀을 베고 있다는
보고를 받고 기뻐했어.

여포가 군사를 몰고 가 조조의 진영을 덮치려는데, 북소리가 나며 숨어 있던
조조의 군사들이 사방에서 덤볐어.

이 싸움에서 여포는 군사의 3분의 2를 잃고 멀리 달아났어.

조조는 정도성을 빼앗았어.
인제 산동 일대가 내 손안에 들어왔구나.

여포는 뿔뿔이 흩어졌던 참모와 장수들, 그리고 군사들을 모아,

조조와 싸우러 나아갔어.
우리가 군사의 수는 적지만, 조조쯤은 무찌를 수 있다!

3. 떠도는 황제

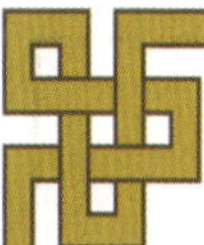
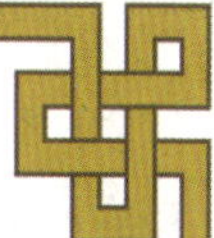

여포가 또 조조와 싸우려 하자, 진궁이 머리를 저었어.
지금 조조군은 기세가 올라 있어, 그들과 싸우면 안 됩니다.

먼저 몸을 붙일 곳을 찾아가 힘을 기른 뒤에 싸워야 합니다.
그렇다면 원소에게 가는 것이 어떻겠소?

안 됩니다. 원소는 우리가 조조를 이겨 연주를 차지하면 그다음엔 틀림없이 자기네 기주를 넘보리라 생각하고, 조조를 도우려 했습니다.

그렇다면 어떻게 하지?
그게 좋겠군.

유비가 지금 서주를 맡아 다스리고 있다 하니, 그에게 가 계시지요.

여포는 말 머리를 돌려 서주로 향했어.
한 군사가 달려와 유비에게 보고했어.
여포가 조조에게 져서 여기로 오고 있습니다!
여포는 뛰어난 장군이니, 나가서 맞이해야겠군.
유비의 말을 듣고 미축이 깜짝 놀랐어.
여포는 호랑이나 이리 같은 녀석입니다. 받아들이면 안 됩니다. 받아들이면 틀림없이 우리를 해칠 것입니다.
지난번 여포가 연주를 치지 않았으면, 어떻게 이 서주가 조조의 공격에서 벗어났겠소? 이제 그가 어렵게 되어 나를 찾아오는데, 어찌 받아 주지 않겠소?
형님은 마음이 너무 좋아 탈이오! 어쨌든 여포는 조심해야 해요!

유비는 참모와 장수들을 거느리고 성 밖 30리까지 나가 여포를 맞이해 함께 성으로 돌아왔어.
나는 왕윤 사도와 함께 역적 동탁을 죽였는데, 뜻밖에도 이각·곽사의 난에 밀려 동쪽 지방을 떠돌게 되었소.

조조가 서주로 쳐들어왔을 때 유 공께서 도겸을 도와주셨소.

나는 그때 연주를 습격해, 제후들의 세력을 나눠 놓았소.

그런데 지금 조조의 간사한 꾀에 빠져, 장수와 군사를 많이 잃었소.

이제 유 공께 와서 힘을 합쳐 큰일을 이루려고 하는데, 유 공의 뜻은 어떠신지요?

도겸 자사께서 돌아가신 뒤 서주를 맡아 다스릴 사람이 없어, 사람들이 그 일을 잠시 제게 맡겼습니다.
마침 다행히 장군께서 오셨으니, 이 자리를 장군께 물려드리겠습니다.
자, 서주의 도장입니다. 받으시지요.
하, 이게 웬 떡이냐! 서주가 내 손에 거저 들어 오는구나!
찌리릿!
관우와 장비가 무섭게 노려보잖아!
하하, 나는 한낱 장수일 뿐이니, 어떻게 주를 다스리겠습니까?

유비는 잔치를 벌여 여포를 대접했어. 그리고 큰 집을 마련해,
여포와 그의 가족이 편히 살게 했어.

우리 형님은
황실의 후손으로서
귀한 분이신데,
네가 어찌 함부로
동생이라 하느냐?
너, 나랑 밖으로 나가자!
3백 합이라도 싸워 주겠다!
장비야, 너는 왜
손님께 무례하게 구느냐?
관우야, 장비를
밖으로 데리고 나가라!
못난 동생이
술에 취해
떠들었으니,
장군께서는
너무 섭섭하게
생각하지
마십시오.
으으······!

식사가 끝나, 여포가 유비를 배웅하러 집 밖으로 나서자, 장비가 소리를 지르며 덤볐어.
이놈, 여포야! 당장 나하고 싸우자!
장비야, 이게 무슨 짓이냐? 어서 물러가지 못하겠느냐?
이튿날, 여포가 유비를 찾아왔어.
유 공께선 나를 받아 주시지만, 동생들이 받아 주지 않으니, 내가 다른 데로 가겠소.
장군께서 떠나시면 제가 큰 죄를 지은 게 됩니다.

여기서 멀지 않은 곳에 소패라는 현이 있는데, 제가 전에 군사와 함께 머물렀었습니다.

좀 좁긴 하지만, 우선 거기에 가 계시면 어떻겠습니까? 필요한 것들은 제가 대 드리겠습니다.

그럼 그렇게 하겠소. 고맙소.

한편, 조조가 산동의 황건적 무리를 모조리 무찌르자, 조정에서는 조조를 한결 높은 건덕장군으로 임명했어.

이 무렵, 이각은 스스로 가장 높은 벼슬인 대사마가 되고, 곽사는 스스로 대장군이 되어 설쳤어. 그러나 아무도 그들을 탓하지 못했어.

권력이 좋긴 좋군!

하하하! 모두 우리 세상이야!

어느 날, 높은 벼슬아치인 양표와 주준이 남몰래 헌제를 찾아갔어. 양표가 나섰어.
지금 조조는 20만도 넘는 군사와 수십 명의 참모·장수를 거느리고 있다 합니다.
그를 끌어들이면 나라를 바로 세우고 간사스러운 무리를 쓸어버릴 수 있을 것입니다.
나는 이각·곽사 두 역적에게 업신여김과 서러움을 받아온 지 오래되었소. 그들을 없앨 수 있다면 참으로 좋겠소.
저에게 좋은 생각이 있습니다.
먼저 두 역적이 서로 싸우게 하고, 조조에게 조서를 내려 군사를 이끌고 와서 역적들을 없애게 하면 됩니다.
어떻게 두 역적을 싸우게 하겠소?
곽사의 아내는 질투가 아주 심하다고 합니다.

그러니 그 질투심을 이용해 이각과 곽사의 사이가 벌어지게 부추기면, 두 역적은 서로 죽이려고 덤빌 것입니다.
자, 조조에게 내리는 비밀 조서요.
일이 잘 이루어지도록 힘을 다하겠습니다.
양표는 집으로 돌아가 아내에게 자세히 말했어.
당신이 곽사의 아내를 찾아가서…….
양표의 아내는 곽사의 아내를 찾아가 은근히 말했어.
네? 뭐, 뭐라고요?
부인, 남편이신 곽 장군과 이각 대사마의 부인이 서로 좋아해서 자주 만난다고 합니다.

대사마께서 아시면 큰일 날 테니, 부인께서 두 사람이 만나지 못하게 막아야 하실 거예요.
아, 그래서 그이가 가끔 집에 늦게 돌아왔군요.
부인이 말해 주지 않았으면 까맣게 모를 뻔했네요.
두 사람이 만나지 못하게 막아야지요. 알려 줘서 고마워요.
며칠 뒤, 곽사가 저녁에 집에 돌아와 아내에게 말했어.
대사마가 자기 집에서 술이나 한잔하자고 하니 다녀오겠소.
안 돼요! 가지 마세요!
아니, 왜 그러오?
이각은 속을 알 수 없는 사람이에요. 그리고 한 곳에 두 영웅이 사이좋게 있을 수는 없어요.

그가 술에 독이라도 타서 당신에게 먹이면 어떻게 해요?
곽사가 아내에게 붙잡혀 술자리에 가지 못하자, 이각이 밤에 곽사의 집으로 술상을 보냈어.
곽사의 아내는 남편 몰래, 술상의 고기 안주에 독약을 뿌렸어.
고기가 아주 맛있겠군.
잠깐만요. 밖에서 들어온 음식을 어떻게 믿고 바로 드시겠어요?
곽사의 아내는 개를 불러들여 고기를 먹였어. 그러자 고기를 먹은 개가 바로 쓰러져 죽었어.
깨갱
끄응
곽사는 이각을 의심하기 시작했어.
이것 보세요.
으음……

어느 날, 조회가 끝나자 이각이 곽사의 소맷자락을 잡아끌었어.
자, 내 집에 가서 술 한잔 합시다.
수, 수, 술을요?

왜 그렇게 놀라시오? 지난번 술자리에 장군이 오지 않아, 얼마나 섭섭했는지 모른다오.

실컷 마십시다.
아, 예, 예!

그날 밤, 집으로 돌아온 곽사는 갑자기 배가 아팠어.
아이고, 배야!

틀림없이 대사마가 술에 독을 넣었어요. 자, 똥물을 들이켜서 독을 풀어야 해요.
으윽, 냄새……!

우웨엑!
이각, 이놈!
함께 목숨을 걸고 큰일을 했는데, 권력을 독차지하려고 나를 죽이려 하는구나!
내가 먼저 그놈을 죽이지 않으면, 분명 그놈 손에 내가 당할 거야!
곽사는 이각을 치려고 군사를 모았어.
누군가가 곽사의 움직임을 보고하자, 이각도 크게 화를 냈어.
마침내, 곽사의 군사와 이각의 군사 수만 명이 장안성 아래에서 싸움을 벌였어.
뭐? 곽사가 나를 치려 한다고? 건방진 놈! 그렇다면 내가 먼저 놈을 쳐야겠다!
와아!
와아!
쳐라!

이각의 조카 이섬은 군사를
이끌고 가서 궁궐을 에워싸고,
수레 한 대에는 황제를 태우고,

다른 한 대에는 황후를 태워,
참모 가후와 좌영에게 어디론가
데려가게 했어.

황제의 행렬이 궁궐 문을 나서자,
곽사가 군사를 이끌고 나타났어.
이각의 무리다!
모조리 죽여라!

이때, 이각이 군사를 이끌고 나타나
곽사의 군사를 쳤어.
이놈, 곽사야!
항복해라!

곽사의 군사는 이각의 군사에 밀려
달아났어.
쫓아라!
달아나자!

가후는 황제 일행을 이각 군사들의
진영으로 데려갔어.

곽사는 군사들을 이끌고 가서 궁녀들을 모두 끌어가고, 궁궐에 불을 질렀어.
나를 화나게 하면 가만 안 있어!

다음 날, 곽사는 이각이 황제를 끌고 갔다는 사실을 알고 이각의 진영 앞으로 군사를 몰고 갔어.
이각 이놈아, 감히 황제를 납치하다니! 어서 내놓지 못하겠느냐?
뭐라고?

곽사의 무리들을 모조리 박살 내라!
이크! 안 되겠다! 달아나자!

이각은 황제를 미오성으로 옮기고, 조카 이섬에게 빈틈없이 감시하도록 했어.
내가 감옥에 갇혔구나.

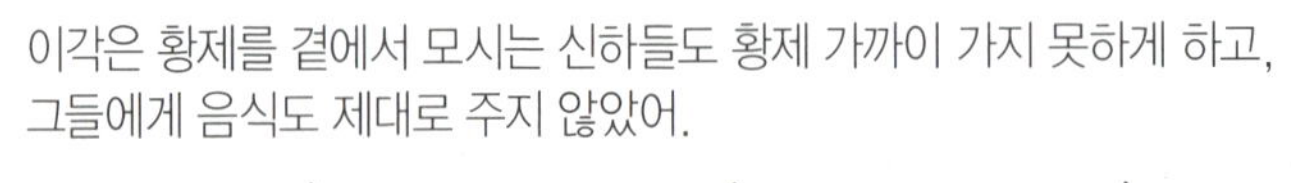

이각은 황제를 곁에서 모시는 신하들도 황제 가까이 가지 못하게 하고,
그들에게 음식도 제대로 주지 않았어.

아아, 배고파!
누군가 밥 한 그릇 주면 뽀뽀 백 번 해 줄 텐데…….
꼬르륵!

헌제가 이각에게 사람을 보내, 신하들에게 줄 쌀과 소뼈를 좀 보내 달라고 하자, 이각은…….
뭐라고?
아침저녁으로 밥을 주었는데, 무엇을 더 달라고 하느냐?

이각은 마지못해 썩은 쌀과 소뼈를 보내 주었어.
으으, 냄새!
이런 걸 보내다니, 뽀뽀는커녕, 코빼기를 꽉 물어 주겠다!

역적 이각이 이렇게까지 나를 업신여기는구나!
이때, 곽사가 군사를 이끌고 몰려와, 이각이 군사를 거느리고 맞섰어.
쳐라!

곽사, 내가 너를 섭섭하게 한 일이 없는데, 왜 나를 해치려고 덤비느냐?
너는 역적이다! 그래서 너를 죽이려고 한다!

나는 여기서 폐하를 보호하고 있다! 왜 나를 역적이라고 하느냐?
흥! 보호하고 있다고? 그게 납치지, 어찌 보호냐?

더 말할 것 없다! 우리 둘이 싸워 승부를 가리자! 이긴 사람이 폐하를 차지하기로 하자!
좋다! 덤벼라!

얏!
챙
에잇!
챙
챙!

이때, 갑자기 양표가 나타났어.
이각과 곽사는 싸움을 멈추고, 저마다 자기의 진영으로 물러갔어.
두 장군은 잠깐 싸움을 멈추시오! 이 늙은이가 두 분을 화해시키려고, 대신들을 모셔 왔소!
양표는 대신들 60여 명과 함께 먼저 곽사를 찾아갔어.
나라를 위해 이각 장군과 화해하시오.
뭐라고?
갑자기, 곽사가 부하들에게 소리를 질렀어.
대신들을 모두 잡아 가두어라!
우리는 좋은 일을 하려고 왔는데 잡아 가두라니, 그런 법이 어디 있소?

이각은 황제를 잡아 가두었소! 내가 대신들을 잡아 가두는 것쯤이야 아무것도 아니오!

대신들은 어처구니없이 곽사의 진영에 갇혔어.
이게 웬 꼴이람!
세상이 어찌 되려고……! 쯧쯧!

양표가 곽사에게 대들었어.
한 사람은 폐하를 잡아 가두고 한 사람은 대신들을 잡아 가두다니, 이게 무슨 짓이오?
뭐라고? 네가 죽고 싶어서 그러느냐?

중랑장 양밀이 곽사를 말렸어.
양표는 좋은 신하입니다. 죽이시면 안 됩니다.
곽사는 마지못해 양표를 놓아 주었어.

이때부터 이각과 곽사는 50일이 넘게 싸워, 양쪽 군사가 많이 죽었어.

그런데 이각은 요사스러운 짓을 좋아해, 진영에 무당을 불러들여 굿판을 벌이곤 했어.
귀신을 불러, 내게 좋은 일이 많이 있게 해 달라고 빌어라! 내가 빨리 천하를 손아귀에 넣을 수 있도록 말이다!
그런 굿을 하시면 안 됩니다! 조심하셔야 합니다!
조심하긴 뭘 조심해!
가후가 여러 번 말려도, 이각은 듣지 않았어.
시중 양기가 남몰래 헌제에게 말했어.
이때, 마침 가후가 왔어. 헌제는 다른 사람들을 모두 물리치고 가후에게 말했어.
가후는 이각의 참모지만, 마음속으로 폐하를 받드는 것 같습니다. 그를 불러 도와 달라고 해 보시지요.
한나라를 가엾게 생각해서, 내 목숨을 살려 줄 수 없겠소?

그렇게 하는 것이 바로 저의 소원입니다. 더 말씀하지 않으셔도 제가 알아서 하겠습니다.
고맙소.
이때, 이각이 들어왔어. 헌제는 깜짝 놀랐어.
이각이 나가고, 신하 황보력이 들어와 황제를 뵈었어. 헌제는 황보력을 빤히 보다가 입을 열었어.
곽사가 대신들을 잡아 가두고, 폐하까지 납치하려 합니다. 제가 보호해 드리지 않았으면, 폐하도 잡혀가 갇혔을 것입니다. 고맙게 생각하십시오.
그대는 말을 잘하고 이각과 같은 고향 사람이니, 이각과 곽사를 찾아가 서로 화해하게 해 보시오.
고, 고맙소.
예, 폐하.
황보력은 먼저 곽사를 찾아가 헌제의 뜻을 전했어. 곽사가 퉁명스럽게 내뱉었어.
황보력은 이어서 이각을 찾아가 황제의 뜻과 곽사의 말을 전했어. 그러자 이각이 흥분했어.
이각이 황제를 풀어 주면 나도 대신들을 풀어 주겠소.
뭐라고? 말도 안 돼!

나는 여포를 무찌르고 4년 동안 나랏일을 보아 큰 공을 세웠소!
곽사 놈은 말을 훔쳐 팔아 살아가는 말 도둑이었는데, 감히 대신들을 잡아 가두고 나와 맞섰소!
내 그놈을 꼭 잡아 죽이겠소! 내 능력과 군사를 보시오! 곽사를 이기기에 충분하잖소!
강하다고 해서 꼭 이긴다고 할 순 없습니다. 동탁 태사는 누구보다 강했지만, 여포에게 죽임을 당했습니다.
곽사는 대신들을 잡아 가두었는데, 공은 폐하를 납치했습니다. 그러니 누구의 죄가 가볍고 누구의 죄가 무겁다 하겠습니까?
뭐, 뭐라고? 감히!

황제가 너를, 나에게 욕하라고 보냈구나! 당장 네 목부터 베겠다!

황제를 호위하는 부대를 거느리는 기도위 양봉이 급히 이각을 말렸어.
곽사가 군사를 일으키는 명분을 만들어 주어, 제후들이 곽사를 도울 것입니다.
으음…….
안 됩니다! 황보력을 죽이면 안 됩니다! 아직 곽사를 없애지 못했는데, 황제가 보낸 사람을 죽이면,
이각은 황보력을 쫓아냈는데, 황보력은 이각의 군사들에게 소리쳤어.

이각이 폐하의 말씀을 듣지 않고, 황제를 죽이고 스스로 황제가 되려고 한다!
역적 이각을 따르는 사람은 역적이 된다!

나 가후도 한마디 하겠다. 폐하께서는 너희들의 충성스러운 마음을 다 알고 계시고,

또 너희들이 오랫동안 싸움터에서 고생한 것도 알고 계신다! 그래서 너희들이 인제 고향으로 돌아가도 된다고 말씀하셨다! 또한 나중에 큰 상을 내리신다고도 하셨다!

황보력과 가후의 말을 듣고, 이각의 많은 군사들이 진영에서 떠나 버렸어.
드디어 고향으로!
가후가 남몰래 헌제를 찾아갔어.
이각은 욕심이 많은데 꾀가 없습니다. 많은 군사가 고향으로 떠나 버려 속으로 겁이 날 것입니다.
이럴 때 벼슬을 높여 대접해 주면, 폐하를 좀 더 잘 모실 것입니다.
그렇다면 이각을 대사마로 임명하오.
이각은 이미 스스로를 대사마라고 하며 으스대 왔는데, 헌제가 정식으로 대사마로 임명했지.
내가 내 벼슬을 대사마라고 해서 찜찜했는데, 이제야 정식으로 떳떳하게 대사마가 되었구나. 이것은 무당을 불러 굿을 한 덕분이다.
이각은 무당에게 큰 상을 주었어.
흐흐, 이각 나리는 통이 크셔.

그런데 이각은, 자기의 장수들과 군사들에게는 상을 주지 않았어.
양봉은 크게 화를 냈어.
우리는 목숨을 걸고 오랫동안 싸워 왔는데, 우리의 공이 무당 계집의 굿보다 못하단 말인가?
양봉은 군사를 이끌고 이각을 죽이러 갔어.
역적 이각을 죽이고 폐하를 구해 받들자!
마침내 양봉의 군사와 이각의 군사가 맞붙었어.
죽여라!
와! 와! 와!
그런데 양봉은 군사가 적어, 싸움에 져서 서안으로 달아났어.

이때, 이각·곽사와 함께 난을 일으켰던 장제가 장안에서 부하 둘을 불러 지시했어.
너희들은 각각, 이각과 곽사 두 장군에게 가서 화해하시라고 해라! 그리고 화해하지 않는 사람은 내가 군사를 이끌고 가서 치겠다고 해라!

장제의 부하로부터 장제의 말을 듣고 이각은 자기의 부하를 곽사에게 보냈어.
이각 대사마께서 장제 장군의 말에 따라 화해하자고 하셨습니다.

나도 장제 장군의 말을 전해 들었소. 인제 지긋지긋한 싸움을 끝내고 화해하도록 합시다.

이각은 헌제를 풀어 주고, 곽사는 대신들을 놓아 주었어.
동쪽의 수도 낙양으로 가고 싶소.
예, 폐하.

헌제 일행은 낙양을 향해 동쪽으로 떠났어.

곽사는 음흉한 웃음을 띠었어.
그동안 이각이 헌제를 붙잡고 있어서 빼앗지 못했는데,
이제 풀어 주었으니 내가 붙잡아 미오성에 가두어 놓아야지. 어쨌든 황제를 차지하고 있어야 천하의 권력을 손에 넣을 수 있어.
폐하의 수레를 세워라! 이 곽사가 폐하를 모시겠다!
늘대의 굴에서 벗어나자 호랑이가 입을 벌리고 쫓아오는구나. 아아, 어떻게 해야 하지?
이때, 양봉이 군사를 이끌고 나타났어. 양봉은 이각을 죽이려다 이각의 군사에게 져서 달아나 있었는데, 헌제가 지나간다는 소식을 듣고 1천여 군사를 이끌고 헌제를 보호하러 달려왔어.
와아
아!
폐하를 모셔라!

곽사의 장수 최용이 양봉에게 덤볐어.
양봉, 이 배신자 놈아! 어서 목을 바쳐라!

서황! 저 건방진 최용을 찍어 버려라!
예, 양봉 장군님! 서황 나갑니다!

이놈! 서황의 도끼 맛을 보아라!
퍽
으악!

이때다! 놈들을 모조리 쳐라!
와아!

곽사의 군사들은 양봉의 군사들에게 크게 져서 멀리 달아났어.
빨리빨리!

이튿날, 곽사가 다시 군사를 몰고 와, 헌제 일행과 양봉의 군사를 포위하고 공격했어.
무찔러라!
황제를 빼앗아라!
앗! 달아났던 놈들이 몰려온다!
헌제 일행이 위험하게 되었을 때, 웬 장수가 군사를 이끌고 나타나 곽사의 군사를 공격했어.
와아아
폐하를 구해라!
곽사의 군사들은 뿔뿔이 흩어져 달아나기 시작했어. 서황이 군사를 이끌고 그들을 쫓아가며 쳤어.
놈들을 박살 내라!
곽사의 군사들은 또 크게 져서 멀리 달아났어.

갑자기 나타나 곽사의 군사를 무찌른 장수가 헌제를 뵈었어. 그 장수는 헌제의 장인인 동승이었어.
폐하.
오, 장인이 아니시오?

이제 걱정하지 마십시오. 제가 양봉과 함께 이각과 곽사의 목을 베어 나라를 안정시키겠습니다.
고맙소. 어서 낙양으로 갑시다.

한편, 동승의 군사에게 져서 달아나던 곽사가 이각을 만났어.
이각 장군, 양봉과 동승이 헌제를 데리고 낙양 쪽으로 가고 있소.

합쳐서 큰 무리를 이룬 이각·곽사의 군사는 헌제를 쫓아갔어.

동승과 양봉은 군사가 적어 위험하게 되자, 옛 황건적 무리들을 거느리고 있는 한섬과 이낙을 불렀어.

우리와 함께 폐하를 지키자. 나중에 큰 상을 내리겠다.

ㅎㅎㅎ, 차라리 이 기회에 황제를 납치해 벼락출세를 해 보자!

이낙은 이각·곽사와 짜고 헌제를 납치하려다가 양봉의 부하 장수 서황의 도끼에 찍혀 죽었어.

이 역적 놈아, 내 도끼 벼락을 맞아라!

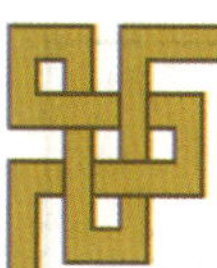

4. 황제를 차지한 조조

드디어 헌제는 낙양에 이르렀어.
아아, 동탁이 불을 질러, 그 호화롭던 궁궐이 폐허가 되었구나!

헌제는 양봉에게 작은 궁궐을 급히 짓게 해 들어갔어.

양표가 헌제에게 아뢰었어.
지난번 폐하께서 조조에게 내리시는 조서를 제게 주셨는데, 기회가 없어 보내지 못했습니다.

조조는 산동에서, 용맹한 장수와 날랜 군사를 많이 거느리고 있습니다. 그를 이곳으로 불러 폐하를 지키게 해야겠습니다.
어서 사람을 보내 그를 부르시오.

양표는 곧 조조에게 사람을 보내, 조서를 전하게 했어.
이 무렵, 조조는 참모와 장수들을 모아 의논했어.
폐하가 낙양으로 돌아왔다고 하오. 우리는 어떻게 해야 좋겠소?
순욱이 나섰어.
지금 폐하께서는 역적 이각·곽사 때문에 어렵게 떠돌아다니고 계십니다.
장군께서는 빨리 군사를 이끌고 가셔서, 폐하를 안전하게 모시십시오. 그러면 천하의 권력을 손에 쥘 수 있을 것입니다.
서두르지 않으시면 다른 사람이 먼저 폐하를 차지할 것입니다.
좋은 생각이오.
이때, 황제의 사자가 와서 조조에게 조서를 전했어.

조조는 바로 군사를 일으켜 낙양으로 향했어.
낙양으로 간다!
한편, 낙양의 궁궐에서는 한 군사가 급히 보고했어.
이각·곽사가 군사를 합쳐 몰려오고 있습니다!
뭐라고?
양봉, 조조에게 간 사람이 아직 돌아오지 않았는데 이각과 곽사의 군사가 쳐들어온다니, 어떻게 하면 좋은가?
제가 목숨을 걸고 싸워 폐하를 지키겠습니다!
동승이 나섰어.
성벽도 무너져 없고 군사도 많지 않아, 싸워서 적들을 무찌르지 못하면 큰일 납니다. 폐하를 모시고 산동으로 피하는 것이 좋겠습니다.

헌제는 동승의 말에 따라 산동으로 떠났어.

헌제가 얼마 가지 않았을 때, 앞쪽에서 많은 군사가 몰려왔어.
앗, 적이다!
무, 무서워요!

몰려온 군사들 앞에서 한 사람이 황제의 수레 앞으로 달려왔어.
폐하!
아, 산동의 조조에게 갔던 사자로구나.

조조 장군이 산동의 군사를 모두 일으켜 폐하를 지키려고 이리로 오고 있습니다!

도중에, 이각·곽사가 낙양을 치려 한다는 소식을 듣고 급히 하후돈에게 용맹스러운 장수 열 명과 날쌘 군사 5만을 이끌고 먼저 달려가 폐하를 지키라 했습니다.

아, 애썼소.
이제야 마음이 놓이오.
하후돈입니다.
허저입니다.
전위입니다.

이때,
또 한 무리의
군사들이
몰려왔어.
저것은 또 무슨
군사인가?

하후돈이 알아보고 와서
보고했어.
조조 장군이
뒤따라 보낸
군사입니다.

조홍입니다!
이전입니다!
악진입니다!
조조 장군이,
적들이 가까이 왔다는
소식을 듣고, 저희들에게
빨리 가서 하후돈을
도우라고 해서
달려왔습니다.

이때, 이각·곽사의 군사가 나타나 사납게 덤볐어.

하후돈과 조홍은 이각·곽사의 군사를 맞받아쳤어.

하후돈과 조홍은 헌제를 다시 낙양의 궁궐로 모시고,

군사들을 성 밖에 머무르게 했어.

이튿날, 조조가 많은 군사를 이끌고 성 앞에 이르러 진영을 세웠어.

헌제는 절하는 조조를 일으켰어.
나를 지키러 와 주어서 고맙소.
저는 날쌘 군사 20만을 거느리고 있어, 역적 이각·곽사의 군사를 무찌를 수 있습니다.
폐하께서는 옥체를 보존하시어 나라를 잘 지키셔야 합니다.
그렇게 하겠소.
헌제는 조조에게, 벼슬아치들과 군사를 부리는 권력을 주었어.
한편, 이각·곽사는 참모와 장수들을 모아 의논했어. 먼저 이각이 나섰어.
조조의 군사가 먼 길을 달려와서 지쳤을 테니, 빨리 무찌르는 것이 좋겠소.

참모 가후가 일어났어.
안 됩니다. 조조의 군사는 장수들이 용맹하고 병사들이 용감해 이길 수가 없습니다. 차라리 항복해서 용서를 비는 것이 좋습니다.
뭐라고? 너는 어찌 우리의 기세를 꺾으려 하느냐?
장수들이 급히 이각을 말렸어.
참으십시오! 큰 싸움을 앞두고 가후를 죽이면 안 됩니다!
그날 밤, 가후는 남몰래 고향으로 돌아가 버렸어.
이튿날, 이각·곽사가 군사를 이끌고 와 조조의 군사를 공격했어.
쳐라!
무찔러라!
와아아!

어서 오너라!
모조리 박살 내
주겠다!
와 아 아!

이각·곽사의 군사들은 또다시 크게 져서 달아났어.
이크,
안 되겠다!
달아나지 마라!

이각과 곽사는 얼마 남지 않은
부하들을 이끌고 깊은 산속으로
달아나 산적이 되었어.
우선
살고 보자.

조조는 크게 이기고 진영으로
돌아왔어.

조조가 돌아오자, 양봉과 한섬이 걱정했어.
조조가 이각·곽사를 무찔러 쫓아 버렸으니 우쭐해서 설칠 텐데, 우리를 달갑게 생각해 줄까?
두 사람은 황제를 찾아가, 이각·곽사를 뒤쫓아 죽이겠다고 둘러대고, 부하들을 이끌고 대량 땅으로 가 버렸어.
어느 날, 헌제의 사자가 조조의 진영으로 찾아왔어.
폐하께서 나랏일을 의논하신다고 장군께 궁궐로 들라 하셨습니다.
으음, 이 사람, 눈이 반짝거리는 것을 보니, 보통 사람이 아니군.
그대는 어떤 사람이오?
폐하를 가까이에서 모시는 의랑 동소입니다.

아, 동소! 그대의 높은 이름을 들은 지 오래되었소. 만나서 기쁘오.
저도 장군님을 뵈어 기쁩니다.
급히 폐하를 지켜 드리느라 나라의 앞일을 깊이 생각해 보지 못했는데, 내가 어떻게 하면 좋겠소?
장군께서 의로운 군사를 일으켜 역적들을 물리치고 폐하를 받드시는 것은 큰 공을 세우시는 것입니다.
그런데 다른 장수들은 생각이 저마다 달라, 모두 장군을 따른다고 할 수는 없습니다.
그러니 지금처럼 낙양에 계시면 여러 가지로 불편하실 것입니다.
폐하를 모시고 수도를 허도로 옮기셔야 합니다.

폐하께서 오랫동안 이리저리 떠돌다가 가까스로 낙양에 돌아오셔서,
또 수도를 옮긴다고 하면, 백성들이 아주 싫어하겠지만,

사람은 어려운 일을 해야 커다란 공을 이룰 수 있습니다. 장군께서는 깊이 생각하셔서 결단을 내리십시오.

나도 그렇게 생각하오.

그런데 양봉이 대량에 있고 대신들이 조정에 있으니, 그들이 힘을 합치면 뜻밖의 일이 생기지 않겠소?
그런 걱정은 하지 마십시오. 먼저 양봉에게 편지를 보내 그가 마음을 놓게 하고,

대신들에게는 낙양에 식량이 없어 폐하를 허도로 모신다고 하십시오.
허도는 식량이 많은 노양과 가까워, 식량을 쉽게 가져올 수 있다는 사실을 분명히 말씀하십시오. 그러면 대신들이 아무도 반대하지 않을 것입니다.
좋은 말씀이오. 앞으로도 좋은 말씀을 많이 해 주시오.
동소가 궁궐로 돌아가자, 조조는 참모들을 모아 은밀하게 수도 옮기는 일을 의논했어.
천문을 연구하는 벼슬아치 왕립이 나섰어.
천문을 보니, 허도에서 새 황제가 나오게 되어 있습니다.
왕립의 말을 듣고 순욱이 조조에게 속삭였어.
허도로 가시면 주공께서 크게 일어나실 것입니다.

조조는 수도를 허도로 옮기기로 마음을 굳히고, 궁궐에 들어가 헌제를 뵈었어.
낙양은 너무 황폐해져서 다시 일으키기가 어렵습니다. 그리고 식량을 날라 오기도 힘듭니다.
허도는 식량이 많은 노양과 가까워, 식량을 가져오기 쉽고, 여러 가지 물자가 많아 성벽을 쌓고 궁궐을 짓기 쉽습니다.
그래서 수도를 허도로 옮기고 싶습니다. 허락해 주십시오.
헌제는 마음이 내키지 않았지만, 조조의 말대로 할 수밖에 없었어. 대신들도 조조가 무서워 반대하지 못했어.

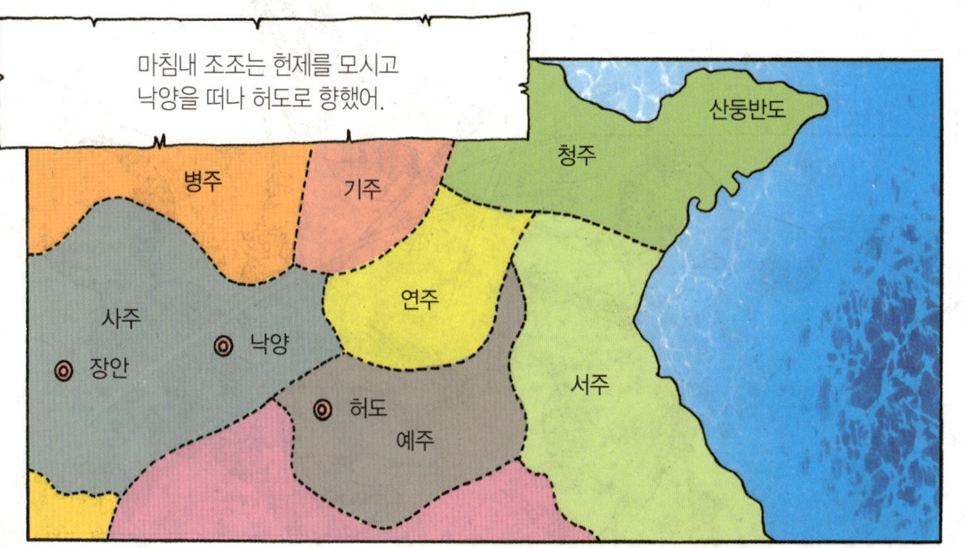

마침내 조조는 헌제를 모시고 낙양을 떠나 허도로 향했어.
병주
기주
산둥반도
청주
사주
연주
장안
낙양
허도
예주
서주

황제의 행렬이 얼마 가지 않았을 때, 양봉과 한섬이 군사를 이끌고 나타나 길을 막았어.
멈추어라!

양봉의 부하 장수 서황이 앞으로 나섰어.
조조, 황제를 멋대로 끌고 어디로 가느냐?

으음, 아주 늠름한 장수로군!

허저는 어디 있는가?
예, 여기 나갑니다!

서황과 허저는 불꽃 튀게 싸웠어.
야앗!
얏!
챙!
챙
챙
그런데 50합이 넘어도 승부가 나지 않아, 조조는 징을 울려 군사를 거두었어.
조조는 진영을 세우고 참모들을 모았어.
양봉이나 한섬은 별것 아니지만, 서황은 아주 뛰어난 장수요. 그를 내게 데려올 수 없겠소?
만총이 나섰어.
서황은 저의 옛날 친구입니다. 제가 찾아가 주공께 오도록 말해 보겠습니다.
그날 밤, 만총은 서황의 장막으로 남몰래 찾아갔어.
자네처럼 빼어난 장수는 흔하지 않네.

그런데 왜 양봉 같은 하찮은 사람을 섬기고 있는가?

조조 장군은 뛰어난 영웅으로, '능력 있는 사람을 잘 대접해 주고 있지.

오늘 낮에 허저와 싸우는 자네의 용맹스러운 모습을 보고, 자네를 크게 칭찬하며 욕심내기에, 내가 목숨을 걸고 이렇게 찾아왔네.

어떤가? 보람 없는 길을 버리고 함께 큰일을 해 보지 않겠나?
나도 양봉과 한섬이 큰일을 할 사람이 아니라는 것을 알고 있지만,

함께 싸워 온 지 오래되어서 버리기가 쉽지 않네.

영리한 새는 나무를 골라 깃들이고, 지혜로운 신하는 주인을 가려 섬긴다고 하네.

받들어 모실 만한 주인이 눈앞에 나타났는데도 망설이다가 따르지 않으면 사내 대장부가 아니네.
으음…….

자네의 말대로 하겠네.
그럼 양봉과 한섬의 머리를 베어 가지고 가서 조 장군께 드리는 예물로 삼으면 어떻겠는가?
그럴 수는 없네.

받들어 모시던 주인을 죽이는 것은 의롭지 못한 짓이네.
자네는 아주 의로운 사람이군.

서황은 부하 기병 수십 명을 이끌고, 만총을 따라 조조를 만나러 나섰어.

그런데 이 사실을 양봉에게 알린 사람이 있어, 양봉이 기병 천여 명을 이끌고 쫓아왔어.

배신자 서황 이놈!
거기 서라!

양봉이 서황을 바짝 쫓을 때, 앞쪽에서 조조가 군사를 이끌고 나타났어.

양봉,
내가 너를
기다리고
있었다!

조조의 군사는 양봉의 군사를 포위하고 치기 시작했어.

모조리 없애라!

왁 와!

이때, 한섬이 군사를 이끌고 양봉을 구하러 왔어.

조조, 기다려라!
한섬이 간다!

왁!

그런데 한섬의 군사도 조조의 군사에 포위되었어.
한섬,
목숨이 아까우면
칼을 버리고
항복하라!

양봉·한섬의 군사는 크게 져서
달아나는데, 죽거나 항복한 군사가
많았어.
창피하지만
살고 보자!

양봉과 한섬은 살아남은 군사들을 이끌고
달아났어.
원술에게 가
잠시 몸을
기대자!

조조가 이긴 군사들을 이끌고 진영으로 돌아가자, 만총이 서황을 데리고 왔어.
오, 서 장군,
와 주어서
고맙소.
조조는 기뻐하며 서황을
특별히 잘 대접했어.

조조는 참모와 장수들을 모아, 크게 잔치를 베풀었어.

오랜만에 조정이 안정을 되찾았소. 여러분의 공이 아주 크오.

짝짝 짝짝 짝짝

허저가 대뜸 나섰어.
순욱이 머리를 저었어.
용감한 군사 5만 명만 제게 주십시오. 여포와 유비의 머리를 베어 바치겠습니다.
허 장군은 용맹스럽기는 하지만 꾀를 쓸 줄 모르오.
수도를 허도로 옮겨 조정이 막 안정되었으니, 군사를 함부로 움직이면 안 되오.
순욱은 조조에게 얼굴을 돌렸어.
지금 유비가 서주를 차지해 서주 목(자사)이 되었지만, 조정으로부터 정식으로 임명을 받지는 않았습니다. 승상께서 폐하께 말씀드려,
두 마리 호랑이가 서로 먹이를 차지하려고 싸우게 해야 합니다.
유비를 서주 목으로 임명하는 조서를 내리시고, 따로 비밀 편지를 보내, 유비에게 여포를 죽이라고 하십시오.
그것이 무슨 말이오?

유비가 여포를 죽이면 우리가 유비를 쳐서 죽이기가 쉽고,
유비가 여포를 죽이지 않으면 거꾸로 여포가 유비를 죽일 것입니다.

이것이 곧, 두 마리 호랑이가 서로 먹이를 차지하려고 싸우게 하는 꾀입니다.
기가 막힌 꾀로군. 곧바로 유비에게 사자를 보내야겠소.

황제의 사자가 서주에 이르자, 유비는 사자를 맞아들여 조서를 받고, 잔치를 베풀어 대접했어.
유 공께서 정식 서주 목으로 임명을 받으신 것은, 조조 장군께서 황제께 말씀을 잘 드렸기 때문입니다.
조 장군께 고맙다는 말씀 전해 주십시오.

자, 이것은 조 장군께서 유 공께 은밀히 보내신 편지입니다.
아, 예……

으음…….

이 일은 좀 생각해 봐야겠습니다.
유비는 사자를 숙소로 보내 쉬게 하고, 참모와 장수들을 불렀어.
조조가 나에게 여포를 죽이라고 했는데, 어떻게 하면 좋겠소?
여포는 천하에 의리 없는 놈이니, 콱 죽여 버려야 해요!
그는 싸움에 져서 힘이 없어 나에게 기대려고 왔다. 그를 죽이면 나도 역시 의리 없는 사람이 된다.
이튿날, 여포가 유비를 찾아왔어.
강아지가 마침 호랑이 굴에 제 발로 들어왔구나! 여포 이놈, 내가 죽이겠다!
유 공께서 정식 서주 목으로 임명되셨다기에 축하하러 왔습니다.
고맙습니다.
장비는 왜 또 그러느냐? 물러가지 못하겠느냐?

유비는 여포를 조용한 뒤채로 데리고 가, 조조가 보낸 비밀 편지를 보여 주었어.

여포가 소패로 돌아가자, 관우가 따졌어.

그러니 내가 왜 조조의 말대로 하겠느냐?
아, 그렇군요.
그래도 나는 여포 놈을 죽여 뒤탈이 없게 해야겠소!
그것은 사나이가 할 짓이 아니다.
유비는 황제에게 글을 올려 은혜에 감사하고, 조조에게 답장을 보냈어. 조조는 답장을 읽고 순욱을 불렀어.
유비가 여포를 죽이지 않고, 좀 생각해 보겠다고 했소. 우리의 꾀가 이루어지지 않았으니, 어떻게 하면 좋겠소?
쓸 꾀가 또 있습니다. 호랑이를 몰아 이리를 잡아먹게 하는 멋진 꾀입니다.
어떤 것이오?

원술에게 남몰래 사람을 보내, '유비가 황제에게 원술을 치겠다는 글을 몰래 올렸소.'라고 말하게 하십시오.

그러면 원술은 화가 나서 유비를 치려 할 것입니다. 이때, 장군께서는 유비에게 '원술을 치라!'는 조서를 내리십시오.
원술과 유비가 싸우면, 틀림없이 여포가 딴생각을 하게 될 것입니다.
이것이 곧, 호랑이인 여포를 몰아 이리인 유비를 잡아먹게 하는 꾀입니다.
그것도 아주 좋은 꾀요.
조조는 당장 원술과 유비에게 따로 사자를 보냈어.
유비는 조조가 보낸 조서를 읽고 말했어.
나에게 원술을 치라고 하오.
미축이 나섰어.
이것 또한 조조의 꾀입니다.
조조의 꾀리고 해도, 폐하의 명령이니 따르지 않을 수 없소. 곧 군사를 일으키겠소.

손건이 나섰어.
그럼 먼저 성을 지킬 사람을 정하셔야 합니다.
유비는 관우와 장비를 번갈아 보았어.
두 동생 가운데 누가 성을 지키겠느냐?
내가 지키겠소.
너는 나와 여러 가지 일을 의논해야 하니, 언제나 내 곁에 있어야 한다.
그럼 내가 지키지요.
장비 너는 믿을 수가 없다. 술만 마시면 군사들을 마구 때리고, 어떤 일이든 너무 쉽게 생각해서 남의 말을 듣지 않으니, 마음을 놓을 수가 없다.
지금부터 술을 딱 끊고, 군사들을 때리지도 않겠소.
그리고 남의 말을 잘 들어 가며 성을 지키겠소.
너의 말을 믿어도 되겠느냐?

유비는 기병과 보병 3만을 이끌고
원술을 치러 남양으로 향했어.

뭐라고? 유비가
이 원술을 치려 해?
삿자리를 짜고
짚신을 삼아 팔던
시골뜨기가
서주를 차지해 제후 노릇을
한다기에 혼을 좀 내 주려 했는데
도리어 나를 치겠다고? 괘씸하다!

원술은 부하 장수 기령에게 10만 군사를 주어 서주로 쳐들어가게 했어.

마침내, 유비의 군사와 기령의 군사가
우이에서 맞섰어.

기령이 나섰어.
촌놈 유비야,
어찌 겁도 없이
우리 땅으로
쳐들어오느냐?

이 싸움에서 기령은 크게 져서 달아났어.

기령의 군사와 유비의 군사는 저마다 진영을 세우고 맞서서 버티었어.

한편, 서주성을 지키던 장비는 어느 날, 술자리를 마련하고 벼슬아치들을 불렀어.

형님은 싸우러 떠나실 때,
내가 일을 그르칠까 봐
술을 마시지 말라고 하셨소.

여러분은 오늘 하루만
술을 실컷 마시고,
내일부터는 딱 끊고
나를 도와 성을
지킵시다. 오늘은
취하도록 드시오.

장비는 술자리를 돌며 한 사람
한 사람에게 술을 따라 주었어.
자, 어서 한잔.

장비는 장수 조표 앞에 이르렀어.
자, 한잔.
아, 저는 원래
술을 마시지
못합니다.

뭐라고? 술을
못 마신다고?
예.

장수가 술을
못 마시다니,
내가 꼭 한 잔
먹여야겠소.
콸콸콸

조표는 장비가 무서워서 억지로
한 잔 받아 마셨어.
크으

장비는 술을
한 바퀴
돌리고 나서,
술을 동이째로
들이켰어.
벌컥
벌컥
아, 진짜
술고래다!

캬아! 오랜만에 마시니
술맛 좋다!
꺼루룩

장비는 또 술을 돌리다가
조표 앞에 이르렀어.
자,
한 잔 더!
정말이지,
더 마시지
못합니다.

어, 취한다!
왜 세상이
빙글빙글
돌지?

아까도 마셔 놓고 왜 못 마시겠다는 거냐? 명령이다! 마셔라!
몸이 술을 받아들이지 않아서 못 마십니다.
장군의 명령을 어기다니, 그냥 넘길 수 없다. 몽둥이 백 대다!
장군, 내 사위의 체면을 봐서라도 용서해 주시오.
사위? 사위가 누군데?
여포입니다.
뭐? 여포라고?
예.
내가 실은 너를 때리기까지는 하지 않으려고 했는데, 여포를 들먹거려 나에게 겁을 주려 하니, 괘씸해서 꼭 때려야겠다.

내가 너를 때리는 것은 바로, 여포를 때리는 것이다!

장비는 조표의 등을 막대기로 마구 때렸어.

삐빅 퍽 따닥 팍

으으으......

까불고 있어.

사람들이 말려, 장비는 조표를 50대만 때리고 매질을 그쳤어.

여포가 조표의 편지를 읽고 진궁을 불러 의논하자, 진궁이 대뜸 말했어.

조표는 분해서, 집에 돌아가자마자 여포에게 편지를 써 보냈어.

유비가 원술을 치러 회남으로 가고 없으니, 오늘 밤 장비가 술에 취한 틈에 군사를 이끌고 와서 서주를 쳐 빼앗아라.

이 기회에 꼭 서주를 손에 넣어야 합니다.

내가 술을 마시지 않는다고 장비가 너의 장인인 나에게 많은 사람들 앞에서 매질을 했다.

여포는 군사를 이끌고 서주성으로 달려갔어.
빨리빨리!

기다리고 있던 조표가 성문을 열어,
여포의 군사는 성안으로 쳐들어갔어.
와아!
우르르르

술에 취해 잠들어 있는 장비를
부하들이 급히 깨웠어.
여포가 성에
쳐들어왔습니다!
뭐,
뭐라고?

장비는 허겁지겁 겨우 무장을 하고 나가다가 여포와 마주쳤어.
앗, 여,
여포잖아!

그런데 장비는 술이 깨지 않아, 싸우고 싶어도 싸울 수 없고,
여포는 장비가 사납다는 것을 알아, 서로 머뭇거리다 지나쳐 버렸어.
저게 누구더라?

조표가 장비를 발견하고, 부하들을 이끌고 덤볐어.
장비 이놈, 게 섰거라!

이놈이 뭐라고?
캑!

장비는 유비의 가족을 돌볼 사이도 없이,
몇몇 부하들만 이끌고 유비가 있는 회남으로
달렸어.
우선은 달아나자!

여포는 부하들을 유비의 집으로 보내,
유비의 가족들을 지키게 했어.

장비는 유비를 만나, 여포에게 서주성을
빼앗긴 사실을 이야기했어.

밤중에 갑자기 여포가
쳐들어와…….

또 술을 마시고
사고를 냈군.

서주를 얻었다고
기뻐할 것도 없고, 잃었다고
슬퍼할 것도 없다.

죄,
죄송…….

형수님들은
어떻게
되셨느냐?

성안에
갇히셨소.

성도 잃고 형수님들도 성에 갇히셨으니, 이 일을 어쩌면 좋단 말이냐?
아아……!
장비가 갑자기 칼을 빼어 자기의 목을 베려고 했어.
나는 죽어야 할 놈이우!

5. 강동의 소패왕

유비가 재빨리 장비에게서 칼을 빼앗았어.
장비야, 안 된다!

옛사람들이 '형제는 손발 같고, 아내와 자식은 옷 같다. 옷은 찢어지면 꿰매 입을 수 있지만, 손발이 잘리면 어떻게 이을 수 있겠느냐?'라고 했다.

우리 세 사람은 복숭아밭에서 형제를 맺을 때, '우리는 같은 해, 같은 달, 같은 날에 태어나지 못했으나, 같은 해, 같은 달, 같은 날에 죽기를 바랍니다.'라고 하지 않았느냐.

지금 성과 가족을 잃었다고 해서, 어떻게 동생을 먼저 죽게 할 수 있겠느냐?

성은 원래 내 것이 아니었고, 가족은 성안에 있기는 하지만 여포가 해치지는 않을 테니 구해 낼 수 있을 것이다.

동생은 한때 잘못을 했지만, 죽기까지 해서야 되겠느냐?
유비는 말을 마치고 울음을 터뜨렸어.
으ㅎㅎㅎ……!
관우와 장비도 눈물을 흘렸어.
한편, 원술은 여포가 서주를 차지했다는 소식을 듣고 부하에게 지시했어.
지금 바로 여포에게 가서, 식량 5만 섬, 말 5백 마리,
금과 은 1만 냥, 비단 1천 필을 줄 테니 유비를 함께 치자고 해라.
예.
원소가 보낸 사자의 말을 듣고 여포는 좋아하며, 장수 고순을 불러 명령했어.
군사 5만을 이끌고 가서 유비의 뒤를 쳐라!
예.

유비는 고순의 군사가 온다는 소식을 듣고, 우이를 버리고 광릉을 치러 동쪽으로 떠났어.

고순은 군사를 이끌고 우이로 갔어.
그런데 유비는 이미 떠나고 없었어.

유비가 잽싸게
달아났구나.

고순은 기령의 진영으로 찾아갔어.

유비를 치러
군사를 이끌고
여기까지 왔으니,
약속한 것들을
주시오.

장군은 일단
서주로
돌아가시오.
내가 주공께
말씀드려 답을
해 드리겠소.

고순은 서주로 돌아가 여포에게 기령의 말을 전했는데, 곧 원술의 편지가 왔어.

고순이 우이까지 가기는 했지만,
유비를 없애지는 못했소.
유비를 없애면 그때 바로
약속한 것들을 보내겠소.

뭐라고?
원술 이놈은
믿을 수가 없다!
당장 이놈을
쳐야겠다!

진궁이 말렸어.

안 됩니다.
원술은 수춘에 있는데,
군사가 많고 식량도 넉넉해서
얕보면 안 됩니다.

차라리
유비를
소패로
오라 해서
한 날개로
삼으십시오.

나중에 유비를 앞세워 원술을
먼저 치고 이어서 원소를 치면,
세력을 크게 떨칠 수 있습니다.

좋은
생각이오.

여포는 편지를 써서 사자에게 주어,
유비에게 보냈어.

광릉을 치던 유비는 원술에게 크게 져서
서주 쪽으로 가다가 여포의 사자를 만나
여포의 편지를 받았어.

여포가 우리에게
소패에 가 있으라는군.
마침 잘됐어.

여포는
의리가 없는
사람이어서
믿을 수가
없소.

맞소!

여포가 좋은 뜻으로 나를 대접하는데 왜 의심하느냐?

유비 일행이 서주 땅으로 들어서자, 여포가 유비에게 감 부인과 미 부인 등 식구들을 보내 주었어.

그동안 여포 장군이 군사들을 보내 우리 집을 지키게 해서, 사람들이 함부로 들어오지 못하게 했어요.
그리고 여자들을 시켜, 필요한 물건들을 날마다 보내 주었어요.

나는 여포가 내 가족을 해치지 않을 줄 알고 있었다.
여포 그놈이, 나중에 우리한테 혼날까 봐 겁이 나서 조심했겠지요.

자, 먼저 서주성으로 가서 여포에게 고맙다는 인사를 하고 소패로 가자.
나는 여포 놈의 코빼기도 보기 싫소!

형수님들을 모시고 먼저 소패로 가겠소!
그렇게 하렴.

여포 장군, 어려움에 빠진 나를 불러 주어서 고맙습니다.
나는 벌써부터 서주를 장군께 넘겨 드리려 했었습니다.
나는 그대의 성을 빼앗으려 한 게 아니라, 장비가 술에 취해 내 장인을 죽이려 한다기에 걱정되어, 잠시 성을 지켜 주러 왔을 뿐이오.

유비는 군사를 이끌고 소패로 갔어.
여포가 서주성을 빼앗으려 하지 않았다면, 우리가 돌아왔으니 성을 돌려주어야 할 게 아니오!
동생의 말이 맞소.

몸을 낮추어 자기의
분수를 알고, 하늘이 뜻하는 때를
기다려야 한다. 쓸데없이 운명과
싸우면 안 된다.
여포가 유비에게 식량과 비단을 보내 왔어.
여포 장군께
고맙다고 전해 주시오.
예.
병주
기주
청주
연주
사주
낙양
서주
허도
소패
예주
서주성
우이
수춘
형주
양주
한편, 원술은 어느 날 수춘성에서 참모와 장수들을 모아 잔치를 벌였어.
그때 한 군사가 와서 보고했어.
양주 여강 태수 육강을
치러 갔던 손책이 크게 이기고
돌아왔습니다.
들어오라고
해라.

이제
돌아왔습니다.

이겼다니 장하다.
자리에 앉아
술을 들어라.

손책은 아버지 손견이 유표의 군사와
싸우다 죽자, 강남으로 가서 능력 있는
사람들을 모으다가,

서주 자사 도겸과 외삼촌인 양주
단양군 태수 오경이 사이가 나빠져,
어머니와 남동생 등 가족을 안전하게
양주 오군의 곡아현으로 옮겨 놓고,

몇몇 부하들과 함께 원술 아래에 와 있었어. 원술은 손책을 끔찍이 좋아했어.

나에게 손책 같은 똑똑한
아들이 있으면 얼마나
좋을까?

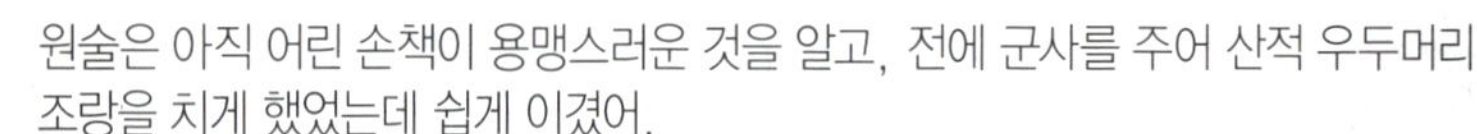

원술은 아직 어린 손책이 용맹스러운 것을 알고, 전에 군사를 주어 산적 우두머리 조랑을 치게 했었는데 쉽게 이겼어.

산적 놈들을 모두 때려잡아라!
아주 센 녀석이다!
살려 줘!
달아나자!

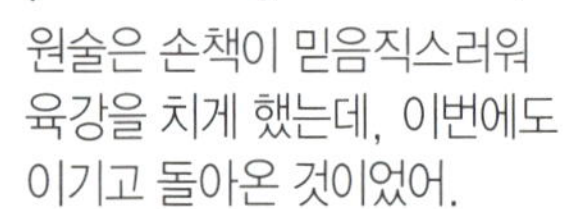

원술은 손책이 믿음직스러워 육강을 치게 했는데, 이번에도 이기고 돌아온 것이었어.

잔치가 끝나 막사로 돌아온 손책은 울적해서 막사 밖으로 나갔어.
아버님은 큰 뜻을 품고 천하를 누빈 뛰어난 영웅이셨는데, 나는 초라하게 원술에게 몸을 의지하고 있다니……

이때, 누군가가 다가와 말을 걸었어.
아니, 밤중에 왜 밖에 나와 계십니까?
아, 주치……

주치는 전에 손견의 참모로 있다가, 손책을 따라 원술에게 와 있었어.
아버님께서는 어려운 일이 있으시면 언제나 저에게 의논하셨습니다.

괴로운 일이 있으신 것 같은데, 왜 제게 말하지 않고 혼자 울고 계십니까?
힘이 없어 아버님의 뜻을 잇지 못하는 것이 가슴 아파서…….
원술에게 말해 군사를 좀 빌려 강동으로 가면 되지 않겠습니까.
양주 자사 유요로부터 시달림을 받고 있는 외삼촌 오경을 구한다는 구실을 내세우고 가서 뜻을 펼치면 될 텐데, 왜 원술의 밑에서 괴로워하기만 하십니까?
이때, 뒤쪽에서 누군가가 불쑥 나타났어.
두 분의 말을 우연히 들었소. 내 아래에 용감한 군사가 백 명쯤 있는데, 손 장군을 돕게 하겠소.
그 사람은 원술의 참모인 여범이었어.
손책이 잠시 생각하다가 조심스럽게 말했어.
그런데 원술이 군사를 빌려 줄지, 그것이 걱정이오.
아버님께서 남기신 전국 옥새가 내게 있는데,

그것을 맡기고 군사를 빌려 달라면 어떨까요?
원술은 전부터 그것을 가지고 싶어 했소. 그것을 맡기면 틀림없이 군사를 빌려 줄 것이오.

손책은 이튿날 원술을 찾아갔어.
아버님의 원수도 갚지 못했는데 외삼촌인 단양 태수 오경이 양주 자사 유요에게 시달림을 받고 있습니다.
저의 늙으신 어머니 등 가족이 지금 양주 오군의 곡아에 있으니, 잘못되면 모두 죽게 될 것입니다.

용감한 군사 몇천 명만 제게 빌려 주시면 이끌고 가서 가족을 구하고 싶습니다.
흠, 흠!

저를 믿지 못하시겠다면, 아버님께서 남기신 이 옥새를 맡기겠습니다.
뭐? 옥새?

으음……. 그렇다면, 나는 옥새가 필요 없지만 잠깐 맡아 두고, 군사 3천 명과 말 50마리를 빌려 주겠다. 그리고 너를 장군으로 임명하겠다.

가서 유요를 무찌르고 빨리 돌아오너라.
예, 감사합니다.

손책은 주치와 여범, 그리고 정보, 황개, 한당 등 전날 손견을 따르던 장수들과 함께 군사를 이끌고 떠났어.
손책이 양주를 향해 가는데, 한 젊은 장수가 군사를 이끌고 다가와 말에서 내렸어.
형님을 도와 드리러 왔습니다!
아, 주유 아닌가!

손책과 주유는 옛날 한동네에서 살았는데, 아주 친해서 형제를 맺었어. 동갑이지만 손책의 생일이 주유보다 두 달 먼저여서, 주유가 손책을 형으로 받들었어.
동생이 와서 내가 마음이 든든하네.

주유가 장소와 장굉을 추천해, 손책은 그들을 모셔 왔어.

양주 자사 유요는 손책의 군사가 쳐들어온다는 보고를 받고, 부하 장수 장영을 내보냈어.

장영이 대뜸 손책에게 소리를 질렀어.

애송이가 어디로 쳐들어오느냐?

시끄럽다! 너는 이 황개가 맡겠다!

이때 한 무리의 군사가 나타나, 장영의 뒤쪽 군사들을 덮쳤어.

와

아

아

쳐라!

앗!

군사를 이끌고 나타난 장수는 장흠과 주태였어.

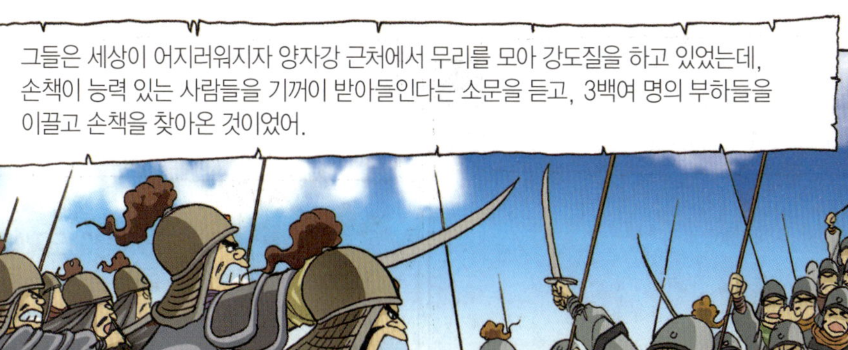

그들은 세상이 어지러워지자 양자강 근처에서 무리를 모아 강도질을 하고 있었는데,
손책이 능력 있는 사람들을 기꺼이 받아들인다는 소문을 듣고, 3백여 명의 부하들을
이끌고 손책을 찾아온 것이었어.

장영의 군사들은 손책·장흠·주태의
공격을 받고 성으로 달아났어.

장영이 손책에게 지고 돌아오자, 유요는 군사들을
이끌고 신정 고개 남쪽으로 가서 진영을 세웠어.

손책은
고개 북쪽에
이르러
진영을
세웠어.

손책이 부하 장수들에게 말했어.

손책은 정보, 황개, 한당, 장흠, 주태 등 열두 장수와 함께 고개에 올라 적의 진영을 살펴보았어.

고개 너머에 숨어 있던 유요의 군사 하나가 유요에게 달려가 보고했어.
적의 장수 10여 명이 고개에 올라 우리 진영을 내려다보고 있습니다.

유요는 부하 장수들을 둘러보았어.
그것은 손책이 우리를 꾀어내려는 잔꾀이니, 쫓아가면 안 되오!

태사자가 나섰어.
이런 때에 손책을 사로잡지 않으면 언제 사로잡겠습니까?

태사자는 유요의 명령에도 아랑곳하지 않고 뛰쳐나갔어.
용기 있는 사람은 나를 따라오시오!

맨 끝자리에 있던 젊은 장수가 나섰어.

태사자 장군님, 함께 가시죠!

태사자 장군이야말로 용감한 장수요! 내가 돕겠소.

그때, 손책은 고개에서 내려가고 있었어.

손책! 거기 서라!

누가 손책이냐?

너는 누구냐?

나는 태사자다! 손책을 사로잡으러 왔다!

내가 손책이다! 너희 둘이 함께 덤벼도 괜찮다!

나와 둘이
싸우자!

태사자와
손책은
창이 부딪쳐
불꽃이 튀도록
싸웠어.

얏!

챙

챙 챙

챙

에잇!

그런데 50합, 30합, 또 50합을 싸워도
승부가 나지 않았어.

태사자와 손책은 서로 상대의
창을 빼앗으려고 하다가 함께
말에서 떨어졌어.

두 사람은 창을 버리고 맨몸으로
엉켜 싸웠어.

손책이 태사자의 등에 맨 작은 극을 뽑아 들자, 태사자는 손책의 투구를 잡아채 쥐었어.

손책이 극으로 찌르자, 태사자가 투구로 막았어.

에잇!

얏!

이때, 유요의 군사가 태사자를 도우러 몰려왔어.

손책을 사로잡아라!

와아

유요의 군사가 몰려오자, 손책의 열두 장수도 몰려왔어.

이어서, 유요가 군사를 이끌고 달려오고, 주유도 군사를 이끌고 달려와, 싸움이 어지럽게 벌어졌어.

태사자를 사로잡아라!

와아

와아

그런데 해가 지면서 갑자기 비바람이 몰아쳐, 유요와 손책은 군사를 거두었어.
촤아아

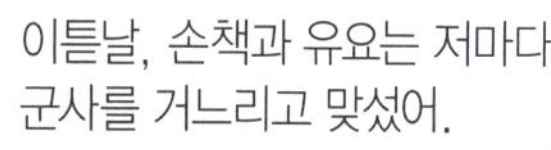
이튿날, 손책과 유요는 저마다
군사를 거느리고 맞섰어.

손책은 한 군사에게, 전날 태사자한테서
빼앗은 작은 극을 창끝에 매달아 높이 들고
나가 소리치게 했어.

여기 태사자의
극이 있다!

태사자가 어제 재빨리
도망치지 않았으면, 자기의
극에 찔려 죽었을 것이다!

와
와아!

태사자도 한 군사에게, 전날 빼앗은 손책의
투구를 창끝에 걸어 높이 들고 나가 외치게
했어.

손책의 대가리가
여기 있다!

와
아
아

손책 장군이 이겼다!

태사자 장군이 이겼다!

준미, 준서야, 너희들은 누가 이겼다고 생각하니?

으음……, 태사자가 이긴 것 같아요.

왜 그렇게 생각하지?

투구가 극보다 더 소중한데, 그 투구를 빼앗겼으니까요.

저는 손책이 이겼다고 생각해요. 사람을 죽일 수 있는 극을 빼앗았으니까요. 투구로 사람을 죽일 수는 없잖아요.

먼 뒷날, 역사를 기록하는 사람들은 투구를 빼앗긴 손책이 졌다고 말했다는데, 나는 태사자와 손책이 비긴 것 같아.

태사자가 앞으로 나섰어.

손책 나오너라! 오늘은 결판을 내자!

손책이 말을 몰아 뛰쳐나가려 하자, 정보가 말렸어.

주공께서 나서실 것까진 없습니다! 제가 가서 저 건방진 녀석을 사로잡아 오겠습니다!

태사자와 정보가 맞붙었어.

챙

채 챙

두 맹수가 30합쯤 싸울 때, 갑자기 유요가 징을 울려 태사자를 불러들였어.

지이잉

태사자가 유요에게 달려갔어.

적 장수를 사로잡으려는데 왜 부르셨습니까?

주유가 많은 군사를 이끌고 우리의 곡아성을 습격했는데, 우리 장수 진무가 손책 편에 붙어, 우리를 배반하고

주유에게 성문을 열어 주었다네.

중요한 곡아를 잃었으니, 빨리 진영으로 돌아가 곡아를 되찾을 준비를 해야 하네.

그날 밤, 손책은 유요의 진영을 덮쳤어.
쳐라!
적의 기습이다!
와아아!
으악!

태사자는 힘껏 싸우다가, 혼자의 힘만으로는 손책의 많은 군사를 막을 수 없어, 기병 10여 명을 이끌고 경현성으로 달아났어.

유요를 끝까지 쫓아가 사로잡아라!

유요는 달아나는 군사들을 모으고 다른 장수의 군사들까지 합쳐 손책의 군사와 맞섰어.

와아아!
손책을 사로잡아라!

유요는 항복하라!

유요의 뒤에서 장수 우미가 튀어나와 손책에게 덤볐는데…….
뭐라고? 손책, 너나 항복해라!

에잇! 애송이를 하나 사로잡았다!
버둥
버둥
앗, 이 우미가 웬 꼴……?

이 번능이 우미를 구하겠다!

유요의 장수 번능이 쏜살처럼 달려와
손책의 등을 창으로 찌르려 하자,
손책의 군사들이 소리를 질렀어.

장군님! 등 뒤에
적이……!

손책은 몸을 홱 돌리며 천둥처럼 크게
소리를 질렀어.

이놈!

번능은
손책이 지른
소리에 놀라,
말에서
떨어져
머리가 깨져
죽었어.

빠박

손책은 진영으로 돌아와, 옆구리에 꽉 낀
우미를 땅에 내동댕이쳤어. 그런데 우미는
이미 숨이 막혀 죽어 있었어.

이때부터 사람들은 손책을 '소패왕(작은 패왕)'
이라고 불렀어.

옛날 항우가
많은 제후들을 거느려
그를 '패왕(우두머리가
된 왕)'이라고 했는데,

이날 유요는 크게 져서, 유표에게
몸을 기대려고 예장으로 달아났어.

손책은 태사자를 잡으려고 경현성을
습격해 불을 질렀어.

태사자는 불을 피해 성문 밖으로
달아나다가, 손책의 군사들이 쳐 놓은
밧줄에 말의 발이 걸려 나동그라졌어.

손책의 군사들이 태사자를 덮쳐
밧줄로 묶었어.

군사들이 태사자를 데려오자, 손책은 태사자를 묶은 밧줄을 풀어 주고, 입고 있던 비단 전포를 벗어 태사자에게 입혀 주었어.
유요가 사람을 몰라보고 그대를 크게 쓰지 않아 그대가 이렇게 되었소. 이제는 나를 도와줄 수 없겠소?
힘껏 모시겠습니다.
고맙소.
유요가 싸움에 져서, 군사들의 마음이 유요에게서 많이 떨어져 나갔습니다.
제가 가서 그 군사들을 모아 데려올까 하는데, 저를 믿고 보내 주시겠습니까?

좋소. 내일 정오까지
돌아올 수 있겠소?
약속합니다.
태사자가 떠나자 정보가 나섰어.
태사자는 돌아오지
않을 것입니다.
그는 의리 있고,
믿을 수 있는 사람이오.
틀림없이 돌아올 것이오.

황개도 나섰어.
저도 태사자가 안 돌아올 것 같은데요.

이튿날 낮에 손책과 장수들은 작은 막대기를 땅에 세워 해시계를 만들어 놓고 내려다보았어.

해시계 막대기의 그림자가 점점 짧아지면서 북쪽으로 옮아 가다가
드디어 정북쪽을 가리켰어.
정오다!
그것 보십시오. 태사자는 오지 않습니다.
으음…….

이때, 한당이 갑자기 소리를 질렀어.
태사자다! 태사자가 온다!

손책은 용맹스러운 부하 장수들과 함께, 이긴 기세를 몰아 강동 땅을 모두 차지했어.
와
두두두

뭐야!
으으으……

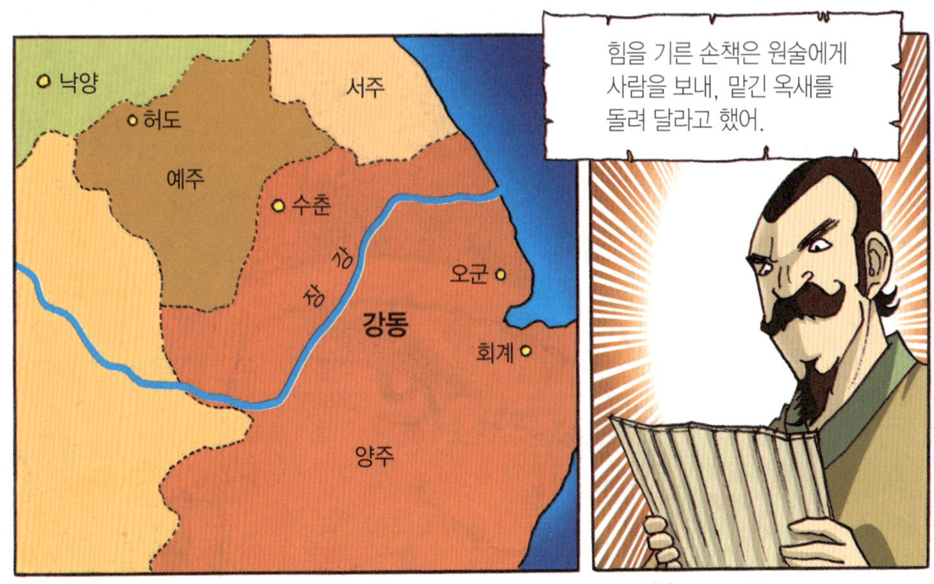
낙양
허도
예주
서주
수춘
강
산
오군
강동
회계
양주
힘을 기른 손책은 원술에게 사람을 보내, 맡긴 옥새를 돌려 달라고 했어.

원술은 양대장, 기령 등 부하들을 불러 의논했어.
손책은 나한테서 군사를 빌려 강동 땅을 다 쳐서 차지했다.

그런데 은혜를 갚을 생각은 하지 않고, 대뜸 옥새를 내놓으라고 한다!

이 버릇없는 놈을
어떻게 하면 좋겠는가?
양대장이
나섰어.
손책은 큰 장강이 막고 있는
강동 땅을 다 차지한 데다,
군사들이 날래고
식량이 많아 무찌르기가
쉽지 않습니다.
먼저 유비를
쳐서,

지난번 까닭 없이 우리에게 덤빈 데 대해 원수를 갚고,
그다음에 손책을 치는 것이 좋습니다!
제가 유비를 칠 꾀를 말씀드리겠습니다.
유비를 칠 꾀? 그게 무엇인가?

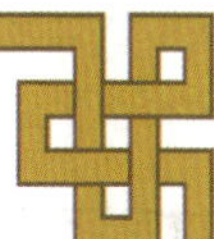

6. 조조와 여포

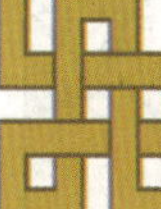

양대장이 자신 있다는 듯 미소를 띠고 원술에게 말했어.
소패에 있는 유비를 치는 것은 어렵지 않지만, 여포가 가까운 서주에서 호랑이처럼 노려보고 있어 아주 꺼림칙합니다.
지난번에 주공께서 여포에게 유비를 함께 치면 식량과 말, 금과 은, 비단을 주겠다고 약속하고 주지 않아,
여포가 괘씸히 생각해 유비를 도울까 봐 걱정됩니다.
그러니까 지금이라도 여포에게 식량을 보내 그의 마음을 우리 편으로 돌려 유비를 돕지 못하게 하면,

우리가 유비를 사로잡을 수 있습니다. 그 다음에 여포를 치면 서주를 빼앗을 수 있을 것입니다.
좋은 생각이오.
원술은 곧바로 부하 한윤을 여포에게 보냈어.
원술 장군께서 식량 20만 섬을 보내셔서 가지고 왔습니다.
오, 참으로 고맙소.
여포는 크게 기뻐하며 한윤을 잘 대접했어.
한윤이 원술에게 돌아가, 여포가 기뻐하며 잘 대접했다고 보고하자, 원술은 장수 기령에게 수만 명의 군사를 이끌고 가 유비를 치게 했어.
두두두두두

유비는 관우, 장비, 미축, 손건 등을 불렀어.

기령이 많은 군사를 거느리고
쳐들어오고 있다 하오.
어떻게 하면 좋겠소?
내가 당장 가서
단숨에 무찔러
버리겠소!

손건이 나섰어.
지금 우리는
군사도 적고
식량도 많지
않아 싸우기가
쉽지 않습니다.
그러니
급히 여포에게
편지를 보내,
군사를 이끌고 와
도와달라고
하는 것이
좋겠습니다.

여포는 유비의 편지를 읽고 진궁을 돌아보았어.

저번에 원술이 식량을
보낸 것은, 나에게 유비를
도와주지 말라는 뜻이었소.
그런데 오늘은 유비가
도와달라는 편지를
보내왔소.

유비는 언제나 장군의 앞길에 방해가 될 사람이니, 도와주시면 안 됩니다.
유비가 소패에 있는 것은 나에게 해롭지 않지만,
원술이 유비를 쳐서 소패를 차지하면 북쪽의 여러 장수와 힘을 합쳐 나에게 덤벼들 것이오.
그러니 유비를 돕는 것이 좋겠소.
여포는 곧 군사를 이끌고 성문을 나섰어.
이때, 기령은 패현 남동쪽에 이르러 진영을 세웠어.
유비는 겨우 5천 명쯤 되는 군사를 이끌고 성에서 나가 진영을 세웠어.

여포는 현의 남서쪽에 이르러 진영을 세웠어.
여포가 우리를 도와주러 왔군. 다행이야.
여포 놈, 유비를 도와주지 말라는 뜻으로 식량을 20만 섬이나 주었는데도 유비를 도우러 오다니!
기령과 유비, 두 사람이 모두 나를 원망하지 않게 할 방법이 있소!
여포는 기령과 유비에게 따로 사람을 보내, 자기의 진영으로 와서 술이나 한잔 하자고 했어.
유비가 먼저 여포에게 왔어.
내가 그대를 위기에서 구해 줄 테니, 나중에 내 공을 잊으면 안 되오.

기령 장군이 오셨습니다.
뭐라고? 기령 장군이 왔다고?
내가 특별히 두 사람과 만나 의논할 것이 있어서 불렀으니 의심하지 마시오.
기령이 장막으로 들어서다가 깜짝 놀랐어.
앗! 유비가 여기 와 있다니?
기령은 몸을 홱 돌려 나가려고 했어.
여포가 벌떡 일어나 쫓아가 기령의 뒷덜미를 잡아챘어.
그렇다면 난 가겠소!
가지 마시오.
으윽, 숨 막혀!

자, 우선 술부터 한 잔씩들……!

술기운이 돌자 여포가 입을 열었어.

두 사람은 내 낯을 보아 군사들을 거두어 주시오.

기령이 얼굴이 붉게 되어 투덜댔어.

나는 주공의 명령에 따라 유비를 사로잡으려고 10만 군사를 이끌고 왔는데, 어떻게 그냥 군사를 거둘 수 있겠소?

뭐라고? 우리가 군사는 적지만, 네놈들쯤은 어린애들로밖에 보이지 않는다!

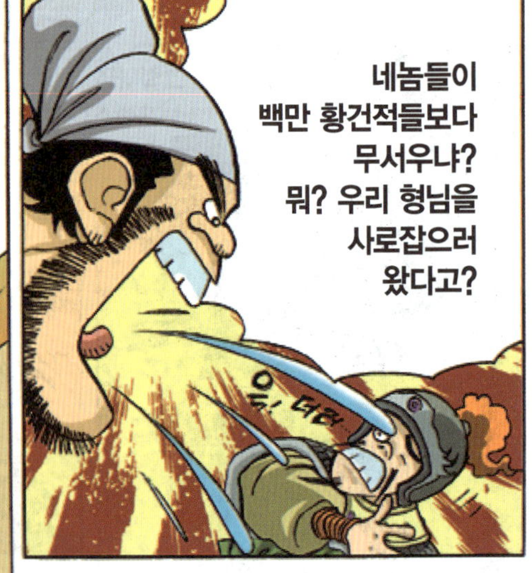

네놈들이 백만 황건적들보다 무서우냐? 뭐? 우리 형님을 사로잡으러 왔다고?

여포는 부하에게 화극을
가져오게 해 꽉 쥐었어.
유비와 기령은 무서워서
얼굴이 하얗게 되었어.

여포는 화극을 멀리 떨어진 곳에 세우게 하고,
활로 화극을 겨누며 유비와 기령에게 말했어.

맞히지 못하면
두 사람은 진영으로
돌아가 싸울 준비를
하시오.

만약 내 말에
따르지 않는
사람이 있으면
내가 다른 쪽 사람과
힘을 합쳐 치겠소.

기령은
얼른
생각했어.

화극이 저렇게
멀리 있는데, 어떻게
활로 곁가지를
맞히겠는가?

우선 그렇게
하겠다 하고,
맞히지 못하면
싸우자!

여포는 마침내 활을 쏘았어.

에잇!

제발, 제발
맞혀 주기를……!

팅

화살이 화극의 곁가지를 정확히 맞혔어.
삐오!
허허허, 역시 하늘이 양쪽에 군사를 거두라고 하오.
기령이 먼저 진영으로 돌아가자, 여포가 유비에게 뻐겼어.
고맙습니다.
내가 도와주지 않았으면 그대가 아주 위험할 뻔했소.
이튿날, 기령은 회남으로, 유비는 소패로, 여포는 서주로 돌아갔어.
기령이 돌아가서 보고하자, 원술은 크게 화를 냈어.
여포 놈이 내가 보낸 많은 식량을 받고도 그런 어린애 장난 같은 짓으로 유비 편을 들었단 말이지?
내가 당장 모든 군사를 몰고 가서 유비를 치고 여포도 치겠다!
안 됩니다.

여포는 용맹스러운 장수인데, 서주까지 차지하고 있습니다.
여포와 유비가 힘을 합치면 치기가 어렵습니다.
그래서?
여포는 아내 엄씨가 낳은 외동딸이 있는데, 시집갈 나이가 되었답니다.
주공께서도 장가갈 외아드님이 계시니, 여포에게 중매쟁이를 보내 두 사람을 결혼시키자고 하십시오.
여포가 딸을 주공의 집안에 시집보내면, 틀림없이 유비를 없앨 것입니다.
원술은 곧바로 부하 한윤을 여포에게 보냈어.
저희 주공께서는 장군님을 존경하셔서, 장군님의 따님을 며느리로 맞아, 장군님과 사돈으로서 사이좋게 잘 지내려 하십니다.
흠, 아주 좋은 생각이오.

여포는 아내 엄씨와 의논하려고 안방으로 갔는데, 엄씨는 여포의 말을 듣고 기뻐했어.
원술 장군은 오랫동안 회남을 차지하고 있어서
군사와 식량이 많고, 머잖아 황제가 될 거라고 하는데,
우리 딸이 원술 장군의 아들과 결혼하면, 나중에 황후가 될 수도 있겠군요.
의논이고 뭐고 할 것도 없이, 청혼을 기꺼이 받아들여야죠.
원술 장군께 돌아가시면, 내가 청혼을 받아들인다고 말씀드려 주시오.
아, 예, 고맙습니다.
한윤이 돌아가 원술에게 보고하자, 원술은 신랑 집에서 신부 집으로 보내는 예물을 마련하여 한윤을 다시 여포에게 보냈어.

여포는 예물을 받고 한윤에게 술과 음식을 대접한 뒤, 숙소에 가서 쉬게 했어.

이튿날, 진궁이 한윤을 숙소로 남몰래 찾아갔어.
누가 원술 장군과 여포 장군을 사돈이 되게 하자고 했소? 그것은 유비를 없애자는 것이 아니오?

아, 제발, 공께서는 아무 말도 하지 말아 주시오.
나는 입을 다물고 있겠지만,

결혼이 늦어지면 사람들이 알게 되어 일이 잘못되지 않을까 걱정되오.
그럼, 어떻게 하면 좋겠소?

내가 여포 장군을 만나, 따님을 빨리 시집보내게 하면 어떻겠소?
그렇게 해 주시면 원술 장군께서 그 은혜를 잊지 않으실 것이오.

진궁은 바로 여포를 찾아갔어.

그런데 결혼식은 언제쯤 치르려고 하십니까?

집사람과 천천히 의논해서 해야지.

공께서는 따님을 원술 장군의 아드님에게 시집보내기로 하셨다던데, 그것은 축하할 일입니다.

안 됩니다.

뭐라고?

지금 제후들이 모두 천하를 차지하려고 싸우고 있어서, 공께서 원술 장군과 사돈이 되면 공을 질투하고 미워하는 제후들이 생길 것입니다.

결혼 날을 멀리 잡으면 그동안 소문이 나서 나쁜 제후가 군사를 숨겨 두었다가,

결혼식을 치르러 가는 신부를 납치할 수도 있습니다.

여포는 그날 밤 서둘러 혼수를 장만하여, 이튿날 부하 장수 송헌과 위속에게 딸을 회남으로 데려가게 했어.

송헌과 위속은 한윤과 함께 여포의 딸 행렬을 이끌고 성문을 나섰어.

진등의 아버지 진규는 전에 패현 현령으로 있다가 나이가 많아 벼슬을 내놓고 집에서 쉬고 있었는데,

여포 딸의 행렬을 보고 바로 여포를 찾아갔어.

지난번에 원술이 유비를 죽이려고 공께 금과 비단을 보냈는데,
공은 활로 화극을 맞혀 싸움을 못하게 했소. 그런데 원술이 갑자기 청혼하는 것은,
공의 딸을 볼모로 잡아 유비를 쳐서 소패를 차지하겠다는 뜻이오.
소패를 빼앗기면 서주도 위험해지오.
그리고 원술이 식량을 달라, 군사를 빌려 달라 할 텐데, 그 요구를 들어주면 원술의 적들로부터 원망을 듣게 되고,
들어주지 않으면 사돈 관계가 틀어져 싸우게 될 것이오.
으음……

뿐만이 아니오. 원술은 황제가 되려고 한다는데, 그것은 반역이오.
원술이 반역하면 공은 역적의 사돈이 되오.
아, 내가 그걸 몰랐다니, 큰일 날 뻔했군.
여포는 장수 장료를 불러, 군사를 끌고 가 딸의 행렬을 되돌려오게 했어.
멈추시오!
그리고 한윤을 옥에 가두는 한편, 원술에게 사람을 보내, '혼수가 준비되는 대로 딸을 보내겠다.'고 했어.

이때, 한 장수가 여포에게 보고했어.

유비가 소패에서 군사를 늘리고
말을 사들이고 있는데,
왜 그러는지 모르겠습니다.

그거야 장군이면
누구나 해야 하는
일인데, 뭐가
이상하다는
것이냐?

이어서 송헌과 위속이 와 보고했어.

저희 두 사람이
산동에 가서
좋은 말 300마리를
샀는데,

돌아오는 길에
패현에서 도적 무리를 만나
반이나 빼앗겼습니다.

그런데
나중에 알아보니,
유비의 동생 장비가
산적으로 꾸미고
말을 빼앗아 갔다고
합니다.

뭐,
뭐라고?
장비가?

여포는 크게 화가 나서, 군사를 이끌고 소패성으로 향했어.
장비 이놈을 가만두지 않겠다!

유비는 깜짝 놀라 급히 군사를 이끌고 나가 여포와 마주 보았어.
형은 왜 갑자기 군사를 거느리고 오셨습니까?
내가 활로 화극을 쏘아 맞혀 너를 위기에서 구해 주었는데, 너는 왜 내 말들을 빼앗아 갔느냐?

제가 말이 모자라서 사람들을 사방에 보내 말을 사들이고 있긴 합니다만, 왜 형의 말을 빼앗았겠습니까?
장비를 시켜 내 좋은 말을 150마리나 빼앗아 가고도 딴소리를 하느냐?

이때 갑자기 장비가 뛰쳐나와
여포에게 덤볐어.

그래, 내가
너의 말을 빼앗았다!
그러니 어떻게
하겠다는 거냐?

뭐?
이 털보
도적놈이
또
나를
우습게
보는구나!

내가 그까짓 말을 좀
빼앗았다고 화를 내는 네놈은,
우리 형님의 서주를
빼앗지
않았느냐?

챙

채
챙

장비와 여포는
100합이 넘도록
불꽃 튀게 싸웠으나
승부가 나지 않았어.

이때 여포의 많은 군사들이 몰려와, 유비는 급히 징을 울려 군사를 거두어 성안으로 들어갔어.

여포는 성을 포위했어.

유비는 장비를 불렀어.

네가 여포의 말을 빼앗아서 이런 일이 생겼다. 그 말들을 어디에 두었느냐?

여러 절에 나누어 맡겨 놓았소.

유비는 부하를 여포에게 보내, 말들을 돌려줄 테니 서로 군사를 거두자고 청했어.

여포는 진궁을 불렀어.

유비가 잘못을 인정하고 사정하니, 군사를 거두는 게 어떨까?

안 됩니다!

이 기회에 유비를 죽여야 합니다. 그러지 않으면 나중에 반드시 그에게 당할 것입니다.

그렇다면 빨리 성을 쳐야지!
공격, 공격하라!
와아!
유비는 관우, 장비, 미축, 손건을 불렀어.
내가 사정을 해도 여포가 거세게 공격하는데, 어떻게 하면 좋겠소?
조조가 여포를 무척 미워하니, 성을 버리고 허도로 가서 조조의 군사를 빌려 여포를 치는 것이 좋겠습니다.
그럼 누가 적의 포위를 뚫겠는가?
내가 목숨을 걸고 포위망을 뚫겠소!
유비는 장비를 앞장세우고 관우에게 뒤를 막게 한 다음, 자신은 가족을 보호하며 밤중에 북문으로 빠져나갔어.

송헌과 위속이 앞을 가로막자, 장비가 덤벼 물리치고,
죽고 싶으면 덤벼라!
장료가 뒤에서 쫓아오자, 관우가 싸워 물리쳤어.
관우가 여기 있다!
안 되겠다!
여포는 굳이 유비를 쫓지 않고 성으로 들어가, 고순에게 소패를 지키게 하고 서주로 돌아갔어.
성을 얻었으면 됐지, 뭐.
유비는 허도로 달아나 성 밖에 진영을 세웠어.

조조는 유비를 성으로 초대해 귀한 손님으로 잘 대접했어.
여포는 의리가 없는 놈이니, 힘을 합쳐 없애 버립시다.
고맙습니다.

유비가 진영으로 돌아가자, 순욱이 조조를 찾아왔어.
유비는 영웅이니 빨리 없애 버리지 않으면 나중에 꼭 걱정거리가 될 것입니다.

순욱이 가고 곽가가 들어왔어.
순욱이 유비를 없애 버리라고 하는데, 어떻게 생각하오?
안 됩니다.

영웅이 한때 어려워서 찾아왔는데 죽인다면, 세상의 뛰어난 사람들이 아무도 주공을 찾아오지 않을 것입니다.

그러면 주공께서는 누구와 함께 천하를 차지하시겠습니까?

걱정되는 사람 하나를 없애려다 온 세상 사람들의 믿음을 잃게 되면 안 됩니다.
나도 그렇게 생각하오.
조조는 헌제에게 유비를 예주 목으로 임명하게 하고, 유비를 불렀어.
유비가 예주로 가서 자리를 잡자, 조조는 유비와 여포를 칠 날을 잡았는데, 갑자기 보고가 들어왔어.
군사 3천을 이끌고 예주성으로 가서 목의 자리에 앉아, 소패에서 흩어졌던 군사들을 모아 여포를 칠 준비를 하시오.
예!
아뢰오!

장제가 군사를 이끌고 형주의 남양을 치다가 화살에 맞아 죽고, 그의 조카 장수가 대신 군사를 이끌고 완성에 가 있는데,
궁궐로 쳐들어와 황제 폐하를 빼앗으려 한답니다!
뭐라고?

조조는 급히 순욱을 불렀어.
당장 가서 장수를 치고 싶은데, 내가 허도를 비우면 틀림없이 여포가 허도로 쳐들어올 것이오.
어떻게 하면 좋겠소?
여포는 어리석어서 이익만 있으면 좋아합니다.
주공께서 서주로 사람을 보내 여포의 벼슬을 높여 주고 상을 주면서, 유비와 화해하라고 하십시오.
여포가 기뻐하면 안심하셔도 됩니다.
아주 좋은 생각이오!
조조는 곧 높은 벼슬아치 왕칙을 불러 조서와 함께 자신의 편지를 여포에게 가져가게 했어.
드디어 조조는 15만 대군을 이끌고 남양군의 육수로 가서 진영을 세웠어.
曹

장수의 참모 가후가 장수에게 말했어.
조조의 군사가 많아 싸울 수 없습니다. 항복하는 것이 좋겠습니다.
그럼 그대가 조조에게 가서 항복의 뜻을 전하시오.

가후는 곧 조조를 찾아갔어.
주공께서 항복하신다고 하셨습니다.
고맙소. 수고했소.
조조는 가후가 썩 마음에 들었어.
앞으로 나를 도와주지 않겠소?
저는 전에 이각을 섬겨 많은 사람들에게 큰 죄를 지었는데,

지금 섬기는 장수는 제 말을 다 들어주어, 그에게서 떠날 수가 없습니다.
조조가 몇 가지를 묻자, 가후는 조금도 막힘없이 대답했어.

가후는 완성으로 돌아가, 다음 날 장수를 조조에게 데려왔어.
삼가 승상님을 받들겠습니다.
이렇게 만나게 되어 기쁘오. 부디 나를 도와주시오.
조조는 군사를 성 밖에 머무르게 하고, 호위하는 군사들만 거느리고 완성으로 들어갔어.
장수는 날마다 잔치를 열어 조조를 잘 대접했어.
많이 드십시오.
고맙소. 술맛이 아주 좋소.
어느 날 밤, 조조는 술에 취해 숙소로 돌아와, 옆에서 몸을 부축하는 조카 조안민에게 은근히 말했어.
술을 한산 더 마시고 싶은데, 성안에 술 시중을 들 여자가 있겠느냐?

조조의 형의 아들인 조안민은 조조가 말한 뜻을 얼른 알아채고 살짝 대답했어.
어젯밤에 제가 관사 옆을 지나는데, 관사 안에 아주 예쁜 여인이 있었습니다.
너무도 아름다워 알아보았더니, 죽은 장제의 부인, 그러니까 장수의 작은어머니라고 했습니다.
그래? 그렇다면 군사 50명을 이끌고 가서 그 여인을 데려오너라.
예.
조안민이 곧 여자를 데려왔어.
오오, 이렇게 예쁜 여인이 있다니!
그대는 누구시오?
장제 장군의 아내 추씨입니다.

조조는 엉큼하게 거짓말을 늘어놓았어.

저를 보살펴 주시니, 은혜를 잊지 않겠습니다.
은혜는 무슨 은혜요? 내가 그대를 좋아하기 때문이오.

성안에 오래 있으면 장수가 눈치를 챌지 모르고, 사람들이 속닥거릴 것입니다.
그럼 내일 아침 일찍 진영으로 가서 지냅시다.

이튿날, 조조는 추씨를 데리고 성 밖 진영의 막사로 가서 전위를 불렀어.
내 막사를 밤낮으로 잘 지켜라.

내가 부른 사람이 아니면 아무도 이곳에 들어오지 못하게 하고, 어기는 사람은 목을 쳐라!
예!

전위는 군사들을 거느리고 조조의 막사를 잘 지켰어. 그래서 막사 안과 밖이 통하지 않게 되었어.
저리 가! 안 가면 죽일 거야!

조조는 날마다 추씨와 즐거운 시간을 보내며, 허도로 돌아갈 생각은 하지도 않았어.
우리, 술래잡기 놀이 해요.
어머님……
그런데 장수 집의 하인 하나가 장수에게 일러바쳤어.
저어, 조조가 주인님의 작은어머니를…….
뭐라고?
조조, 그 도적놈이 나와 나의 집안을 아주 우습게 보는구나! 가만두지 않겠다!
가후가 장수에게 속삭였어.
내일 조조를 찾아가서…….
이튿날, 장수는 조조를 찾아갔어.
제가 승상님께 항복한 뒤, 저의 군사 가운데 달이니는 녀석들이 많아 걱정됩니다.

그러니 저의 군사를 승상님의 진영 옆으로 옮겨 놓았으면 합니다.
그렇게 하시오.
장수는 자기의 군사를 조조의 진영 옆으로 옮기고, 조조를 죽일 기회를 노렸어.
그런데 전위가 조조의 막사를 철통같이 지키고 있어서 어떻게 해볼 수가 없었어.
이때, 장수의 부하 장수인 호거아가 꾀를 냈어.
우리 군사들이 전위를 무서워하는 것은, 그가 쌍철극을 가졌기 때문입니다.
주공께서 내일 저녁에 전위를 초대해, 술을 많이 먹여 잔뜩 취하게 해서 돌려보내십시오.

그때 제가 그의 군사들 속에 끼어 가서 쌍철극을 훔쳐 오겠습니다. 그러면 전위를 무서워할 까닭이 없습니다.
아주 좋소! 그렇게 합시다!
이튿날 저녁, 장수는 전위를 초대해 술을 대접했어.
자, 한 잔 드시오.
고맙소.
전위는 밤이 깊어져서야 술에 취해 자기의 진영으로 돌아갔어. 호거아는 몰래 전위를 따랐어.
어어, 취한다. 딸꾹!
쉿…
조조는 이날 밤에도 늦게까지 추씨와 술을 마시고 있었어.
자, 한 잔 더요.
음, 그대가 따라 주니 술이 더 맛있군.
이때, 갑자기 밖이 환해지며 시끄러워졌어.
불이야!
죽여라!
아니, 이게 무슨 소리냐?
둥 둥 둥
와아아! 와아야!

전위! 전위! 어디 있느냐?
둥둥
와아아!
앗, 이게 웬일이지?
내 철극! 내 쌍철극이 어디로 갔지?
철극이 보이지 않자 전위는 갑옷도 입지 못하고 뛰쳐나가, 싸우고 있는 한 군사의 칼을 빼앗아 들고 싸웠어.
전위는 창에 찔리고 칼에 베이면서도 칼을 휘둘러 적들을 쓰러뜨렸어.
악
아악
비켜라! 주공을 찾아야 돼!

244

적들은 전위가 무서워서 가까이 오지 못하고 떨어져서 활을 쏘았어.
이놈들아! 어서 덤벼라!
피
피
핑
전위는 마침내 견디지 못하고 고꾸라졌어.
으
으
한편, 조조는 전위가 적들을 막는 사이에 허겁지겁 달아났어. 조안민이 뒤를 따랐어.
빨리 달아나자!
장수의 기병들이 조조를 쫓아오며 활을 쏘아 댔어.
잡아라!
죽여라!
피 피 피 핑!
조조는 오른팔에 화살을 맞고, 말도 화살을 석 대나 맞았어.
조조의 말은 좋은 말이어서, 화살을 맞고도 잘 달렸어.

조조를 따라 달리던 조안민은
기병들의 칼을 맞고 죽었어.
에잇!
으윽!
이럇!
이히힝
꽈당
앗!
조조가 탄 말이 강을 뛰어넘고 쓰러지자,
조조의 맏아들 조앙이 달려왔어.
아버님!
어서 이 말을 타고
달아나십시오. 저는 뒤따라
달려가겠습니다.

그러나 조앙은 아버지를 따라가다가 기병들이 쏜 화살을 맞고 죽었어.

조조가 허겁지겁 달아나는데, 흩어졌던 장수들이 군사들을 이끌고 몰려왔어.

하후돈, 허저, 이전, 악진, 우금 등이 다시 모이자, 조조는 진영을 세웠어.

이때, 장수가 군사들을 이끌고 와 조조의 진영을 공격했어.

그러나 장수는 이 싸움에서 크게 져, 형주 자사 유표에게 달아났어.

안 되겠다,
달아나자!

조조는 장수를 쫓아 버리고,
크게 제사를 지냈어.

으흐흐흑!

아아,
내 맏아들과
조카를 잃은
것보다 전위를
잃은 것이 더
가슴 아프구나!

조조의 통곡을 듣고 장수들이 모두 감격했어.

승상님은
자식이나 친척보다
부하 장수를
더 아끼시는구나!

그러니까
우리도 목숨을 걸고
승상님을 받들어
모셔야 해!

이튿날, 조조는 군사를 거느리고
허도로 향했어.

한편, 조조가 보낸 왕칙은 서주로 가서 여포에게 조서와 조조의 편지를 전했어.
조서는 여포를 높은 장군으로 임명하는 것이고, 조조의 편지는 유비와 힘을 합쳐 원술을 없애라는 것이었어.
왕칙은 여포가 기뻐하는 기색을 보이자, 한마디를 보탰어.
조 승상은 여 장군님을 무척 존경하고 계십니다.
허허허, 그래요?
이때, 원술이 보낸 사자가 여포를 찾아왔어.
원술 장군께서 곧 황제의 자리에 오르시고 태자를 정하려 하십니다.
그래서 태자비가 되실 따님을 빨리 회남으로 보내라 하셨습니다.
뭐라고? 역적 놈이 감히 그런 말을 했단 말이냐?

여포는 원술의 사자를 죽여 버렸어.
그리고 진등을 불렀어.
뎅
정!
왕칙과 함께
한윤을 허도로 끌고 가
승상께 고맙다는 인사를
전하고, 나를 정식
서주 목으로
임명해 달라고
하시오!
진등은 조조를
만나 여포의
말을 전하고
덧붙였어.
여포는
원술과 사돈 맺는 것을
거절했습니다.
그것 참 잘했군.
한윤은 당장
목을 베겠소.
그런데 여포는 늑대나
이리 같은 사람입니다.
용맹스럽기는 하지만
줏대가 없어서,
여기 붙었다
저기 붙었다 하여
믿을 수가
없습니다.
일찌감치
없애 버리는 것이
좋을 것
같습니다.

나도 알고 있소. 그대와 그대의 아버지가 여포의 사정을 잘 아니, 앞으로 나를 많이 도와주시오.
승상께서 군사를 일으키시면 저희가 안에서 도와 드리겠습니다.

고맙소. 서주의 일은 모두 공에게 맡기겠으니, 알아서 잘 해 주시오.

조조는 황제께 말씀드려, 진규에게는 많은 녹봉을 주게 하고, 진등은 광릉 태수로 임명했어.

진등은 서주로 돌아가 여포를 만났어.
다녀왔습니다.
승상을 만난 일은 잘 되었는가?

제 아버지는 많은 녹봉을 받게 되었고, 저는 광릉 태수가 되었습니다.

아니, 뭐라고?
나를 정식 서주 목으로
임명하게 하지는 않고,
아버지의 녹봉과 자기의 벼슬만
챙기다니!
네놈의
아버지가 나보고,
조조와 손잡고
원술의 청혼을
거절하라 했는데,
그 까닭을
인제 알겠다!
내가 원한 것은
하나도 이루어지지
않고 너희 부자만
잘되었으니, 나는
네놈들에게
이용만
당했구나!
이 괘씸한 놈!
당장 죽여 버리겠다!
허허허,
장군은 왜 그렇게
뭘 모르십니까?

모르다니, 내가 뭘 모른다는 거냐?

제가 조 승상께 "여포 장군을 기르는 것은 호랑이를 기르는 것과 같아서,

언제나 고기를 배부르게 먹여야 합니다. 배가 고프면 사람을 잡아먹으니까요." 라고 했습니다.

그랬더니?

승상이 웃으면서 말하더군요. "나는 여포를 호랑이가 아니라 매를 기르듯 할 거요.

매가 잡아먹을 수 있는 여우나 토끼 따위가 많이 있으니, 매에게 고기를 줄 필요가 있겠소?

매는 배가 고프면 먹이를 열심히 잡아먹지만, 배가 부르면 멀리 날아가 버리는 것이오." 라고요.

그건 그렇지.

그래서 제가 "그럼 누구 누구가 여우나 토끼입니까?" 하고 물었더니,

승상이 "회남의 원술, 강동의 손책, 기주의 원소, 형주의 유표, 익주의 유장, 한중의 장로요." 라고 했습니다.
허허허!

그러니까, 내가 그 사람들을 다 잡아먹을 수 있다는 얘기지? 승상이 나를 제대로 알아보는군!

이때, 한 군사가 급히 와서 보고했어.
원술이 많은 군사를 이끌고, 이곳 서주를 치러 오고 있습니다!
뭐라고? 사돈을 맺자고 하더니 군사를 이끌고 와?

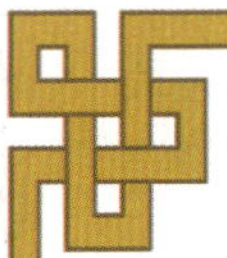

7. 목 대신 머리카락 잘라

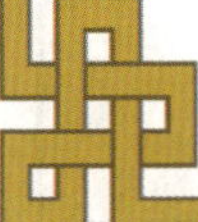

원술은 땅이 넓은 회남을 차지하여 식량도 많고, 손책이 맡긴 옥새도 가지고 있어,
어험!
스스로 황제 자리에 올라 아내를 황후로, 아들을 태자로 삼고, 모든 부하들에게 황실과 조정의 벼슬을 내렸어.
그런데 여포의 딸을 태자비로 맞으려고 사자를 보내 재촉했으나, 여포는 사자를 죽이고 한윤까지 조조에게 보내 죽게 했어.
당장 여포 놈을 쳐라!
원술은 부하 장수 장훈을 대장군으로 임명하고, 20만 대군을 이끌고 서주로 향했어.

장훈 아래에 있는 장수 가운데는 조조와 싸우다 져서 원술에게 달아난 한섬과 양봉도 군사를 거느리고 있었어.
여포는 급히 참모와 장수들을 불렀어. 진규와 진등 부자도 참석했어.
원술이 대군을 이끌고 쳐들어오고 있소. 어떻게 하면 좋겠소?
진궁이 나섰어.
원술의 공격은 진규와 진등 부자가 불러들였습니다.
그러니 저 두 사람의 머리를 잘라 원술에게 바치면, 원술은 군사를 물릴 것입니다.
그들이 녹봉과 벼슬을 얻어 내려고 이런 일이 일어나게 했습니다.
여포는 바로 호위 군사들에게 명령했어.
진규와 진등 부자를 끌어내라!

진등이 나섰어.

장군은 왜 그렇게 겁이 많으십니까?

원술의 군사는 많긴 하지만, 까마귀 떼가 잠깐 몰려 있는 것 같아서, 서로 믿지 못하고 있습니다. 우리가 이길 수 있습니다.

너에게 원술을 깨뜨릴 꾀가 있다면 너의 죽을죄를 용서해 주겠다.

원술 아래에 있는 한섬과 양봉은 한나라의 옛 신하인데,

조조와 싸우다 져서 원술에게 달아나 몸을 기대고 있습니다. 그런데 원술은 그들을 얕잡아보고,

그들 또한 원술을 위해 힘을 쏟지 않을 것입니다. 그래서 그들에게 편지를 써 보내면

그들을 우리 편으로 끌어들일 수 있고, 유비의 도움까지 받으면 원술을 사로잡을 수 있을 것입니다.

여포는 편지를 써서 진등에게 주고, 예주의 유비에게도 편지를 써 보냈어.

그렇다면 네가 편지를 가지고 가서 그들에게 전해 주겠느냐?

그렇게 하겠습니다.

진등은 한섬을 진영으로 찾아갔어. 한섬이 깜짝 놀랐어.

여포의 부하가 여기엔 뭐 하러 왔느냐?

나는 한나라의 신하지, 여포의 부하가 아니오.

장군도 전에는 한나라의 신하였는데, 어쩌다가 역적의 부하가 되어, 옛날 황제를 호위한 공로를 버리셨소? 참으로 안타까운 일이오.

그리고 원술은 의심이
많아, 장군도 언젠가는
해를 입게 될 것이오.

빨리 옛 한나라의
충성스러운 신하로
돌아가지 않으면
후회하게 될 것이오.

나도 그렇게
하고 싶지만,
방법이 없소.

진등은 여포의 편지를 꺼내 한섬에게 주었어.
한섬은 편지를 읽더니,

잘 알았으니
공은 돌아가시오.

양봉 장군과 함께
원술을 치겠소.

불로 신호하면
여포 장군이 군사를
이끌고 와서 우리와 함께
원술을 치라고 하시오.

진등이 돌아가 여포에게 보고하자,
여포는 군사를 이끌고 성에서 나가,
장훈의 진영에서 멀리 떨어진 곳에
진영을 세웠어.

한밤중이 되자, 한섬과 양봉이
군사들을 시켜 장훈의 진영 곳곳에
불을 질렀어.
불이야!
사람 살려!

이때 여포가 군사를 몰고 와, 한섬, 양봉과 함께 장훈의 군사를 덮쳤어.
와아아!
으악!
달아나자!

여포, 한섬, 양봉의 군사들은 달아나는
장훈의 군사들을 쫓으며 쳤어.
와아!
모조리 박살 내라!

이때, 화려하고 요란한 황제 차림을 한
원술이 군사를 이끌고 나타났어.

여포, 이놈아!
두 번이나 주인을 배반해 죽인,
천하의 나쁜 놈아!
감히 누구에게
대드느냐!
뭐, 뭐라고?
저놈이…….

원술의 뒤에서 장수 이풍이
튀어나왔어.
너는 내가
맡겠다!

쥐새끼가 감히
이 여포에게 담벼?
에잇!
으악!

아아, 내 손, 내 손이
다쳤어! 여포 무서워!
달아나자!
쳐라! 모조리
죽여라!

허겁지겁 달아나는 원술 앞에
관우가 군사를 이끌고 나타났어.

역적 원술 놈아!
아직 살아 있느냐?

으악, 관우다!

관우는 달아나는 원술의 군사들을
쫓으며 무찔렀어.

와아아!

원술은 가까스로
회남으로 돌아갔어.

원술을 무찌른 여포는 관우와 양봉, 한섬을 서주성으로 초대해 잔치를 베풀었어.

여러분이 도와주어서
원술을 보기 좋게 쫓아 버렸소.
고맙소.

이튿날, 관우가 예주의 유비에게
돌아가자, 여포는 진규를 불렀어.

한섬과 양봉은
여기에 두어, 나를
돕게 하겠소.

안 됩니다.
그들은 산동으로
보내야 합니다.
그러면 일 년도
안 되어 산동의
성들이 모두
장군의 것이
될 것입니다.

여포는 한섬과 양봉을 불렀어.
한섬 장군을 기도의 목으로, 양봉 장군을 낭야의 목으로 추천하겠으니,
아, 그게 좋겠소!
각각 맡은 곳으로 가서 조정의 임명을 기다리시오.
예.
감사합니다.
두 사람은 곧 군사들을 이끌고 서주성을 떠났어.
진등이 아버지 진규에게 목소리를 낮춰 물었어.
한섬과 양봉을 여기에 두었다가 여포를 죽일 때 돕게 하는 것이 좋을 텐데, 왜 산동으로 보내게 하셨지요?
그들이 여기에서 여포를 돕기라도 하면, 호랑이에게 날카로운 이빨과 발톱을 더 붙여 주는 꼴이 된다.
아, 그렇군요.

한편, 여포에게 크게 져서 군사를 반도 더 잃고 회남으로 돌아간 원술은 부하를 불렀어.
강동의 손책에게 가서, 여포에게 복수할 군사를 빌려 달라고 해라!

원술의 사자가 손책에게 가서 원술의 말을 전하자,
원술은 내가 맡겨 놓은 옥새를 내세우며 분수를 모르고 스스로 황제라 하니 역적이다!
내가 군사를 일으켜 그를 치려 하는데, 오히려 내게 도와달라고 해?

사자가 돌아와 보고하자 원술은,
어린 녀석이 어찌 나에게 그럴 수 있느냐? 당장 그놈부터 박살 내겠다!
땅!
그런데 양대장이 말려, 원술은 군사를 일으키지 않았어.

손책이 원술의 사자를 돌려보낸 뒤, 원술이 군사를 이끌고 올까 봐
군사를 거느리고 장강의 건널목을 지키는데, 조조의 사자가 찾아왔어.

승상께서 손 장군을
회계 태수로 임명하시며,
군사를 일으켜 원술을
치라고 하셨습니다.

알았소!

부하 장소가 나섰어.

원술이 여포에게
크게 졌지만, 군사와
식량이 많으니 얕보면
안 됩니다. 조조에게
편지를 보내,

북쪽에서 원술을
치라 하고, 우리는
남쪽에서 치면, 원술을
쉽게 무찌를 수 있을
것입니다.

좋은 생각이오.

손책은 장소의 말대로 조조에게 편지를 보냈는데, 조조가 손책의 편지를 읽고 있을 때
한 군사가 와서 보고했어.

원술의 군사들이 식량이 떨어져,
먼 곳까지 가서 식량을 빼앗고
있습니다!

으음,
이런 때에
원술을 치자.

조조는 조인에게 허도를 지키게 하고, 17만 대군을 이끌고 남쪽으로 향하며, 손책, 유비, 여포에게 사람을 보내 중간에서 만나기로 했어.

조조가 예주 땅에 들어서자, 유비가 군사를 이끌고 왔어.
여기, 한섬과 양봉의 머리를 가져왔습니다.
어떻게 된 거요?

두 사람이 군사들을 시켜 백성들을 죽이고 재물을 빼앗기에, 그들을 잔치에 초대해 관우와 장비에게 죽이라고 했습니다.
아주 잘했소!

조조가 유비와 함께 군사를 이끌고 서주 땅에 들어서자, 여포가 군사를 거느리고 와 맞았어.
어서 오십시오, 승상!

조조는 여포의 군사를 왼쪽, 유비의 군사를 오른쪽에 거느리고, 자신은
하후돈과 우금을 선봉으로 삼아 대군을 이끌고 수춘성으로 나아갔어.

원술은 곧 대장 교유에게 5만 군사를 이끌고 나가 싸우게 했어.

와아아!

교유가 하후돈에게 덤볐어.

네놈의 목을 베러 왔다!

달걀이 바위에게 덤비는구나!

교유는 이내 하후돈의 창에 찔려 죽었어.

얍!

으읔!

원술의 군사들은 크게 져서 성안으로 달아났어.

교유 장군이 죽었다!

도망 쳐라!

교유가 져서 풀이 죽은 원술에게 급한 보고가 있었어.

적들이 우리 성을 포위하고 공격을 퍼붓습니다!

원술은 높은 벼슬아치들을 다 모아 의논했어.
적들이 우리를 거세게 몰아붙이는데, 어떻게 하면 좋겠소?

양대장이 나섰어.
이곳 수춘은 몇 년째 홍수와 가뭄이 번갈아 들어, 백성들이 굶주리고 있습니다.
사정이 이러한데 군사를 일으키면, 백성들이 원망하고 군사들이 싸울 마음이 들지 않을 것입니다.
그러니 성에서 나가 싸우지 말고 안에서 굳게 지키기만 하여, 적들이 식량이 떨어져 물러가기를 기다리는 것이 좋습니다.
폐하께서는 호위군만 거느리고 회수를 건너 남쪽으로 가십시오.

그렇게 하면 식량을 얻기 쉽고, 적의 날카로운 기세도 피할 수 있을 것입니다.
좋은 생각이오!
원술은 장수 이풍 등에게 10만 군사로 수춘성을 지키게 하고 회수를 건넜어.
조조는 군사가 17만이나 되어 그들이 먹는 식량이 엄청나, 식량이 떨어지기 전에 꼭 수춘성을 빼앗아야 했어.
빨리 공격하라!
그런데 이풍의 군사들은 성문을 굳게 닫고 활만 쏘아 댔어.
피 피 피 핑!

한 달이 지난 어느 날, 식량 창고를 맡고 있는 왕후가 조조를 찾아왔어.
식량이 조금밖에 남지 않았는데, 어떻게 하면 좋겠습니까?
군사들의 밥을 줄여 고비를 넘겨라.
군사들이 크게 불평할 텐데요?
나에게 생각이 있으니, 시키는 대로 해라.
왕후는 아주 꺼림칙했지만, 조조가 시킨 대로 군사들에게 주는 밥을 줄였어.
뭐야? 밥이 왜 이렇게 적어졌어?
밥을 배불리 먹어야 싸우지!
승상이 우리를 속이는 거 아냐?
조조는 몰래 사람을 보내 군사들의 불평을 알아보고 왕후를 불렀어.
너의 머리다!
예?
내가 너한테서 한 가지 것을 빌려 군사들의 불평을 가라앉혀야겠다. 거절하지 마라.
어떤 것입니까?

그것을 군사들에게 보여 줘야겠다.
저, 저는 아무 죄도 없습니다. 왜 저를 죽이려 하십니까?

나도 네가 죄 없다는 것을 안다. 그런데 너를 죽이지 않으면 군사들의 불만을 가라앉힐 수가 없다.
아아……!

네가 죽은 뒤, 너의 가족은 내가 잘 보살펴 주겠으니 걱정하지 마라.
사, 살려 주십시오!

조조는 왕후의 머리를 베어 높이 매달게 하고, 방을 써서 걸게 했어.
왕후가 군사들에게 밥을 적게 주고 남은 식량을 훔쳤기에 군법에 따라 처벌했다

군사들이 몰려와 왕후의 머리와 방을 보고 한마디씩 했어.
왕후가 우리를 속였군!
그것도 모르고 우리는 승상을 원망했잖아.
이 사건은 조조의 사람 됨됨이를 잘 보여 주는 것이었어.
술을 대접하려는 여백사와 그의 가족을 죽인 사건에서도 조조의 성격이 잘 나타났었잖아요.
맞아요, 그랬어요.
조조는 앞으로도 사람들을 깜짝 놀라게 하는 이런 짓들을 많이 하게 되지.
빨리빨리 해자를 흙과 돌로 메워라!
사흘 안에 성을 빼앗지 못하면 모두 목을 치겠다!

마침내 조조의 군사들은 해자를 메우고 성문을 부순 후 성안으로 쳐들어갔어.

조조는 하후돈, 순욱 등과 함께 원술이 만들어 놓은 이른바 '궁궐'로 갔어.

원술이 강을 건너 남쪽으로 가 버렸다고 합니다.

그럼 우리도 강을 건너 원술을 쫓아가 사로잡자!

순욱이 나섰어.

가뭄 때문에 식량 얻기가 어려우니 허도로 돌아갔다가, 내년에 밀이 익으면 다시 원술을 공격하는 것이 좋겠습니다.

으음…….
지금이 아주 좋은 기회인데…….

그때 한 군사가 급히 와서 보고했어.

조조는 손책에게 강을 건너 진을 쳐서 유표가 군사를 움직이지 못하게 하고,

장수가 유표의 도움을 받아 남양과 강릉에서 반란을 일으켰는데, 조홍 장군이 막으려 했으나 져서 사정이 아주 위급합니다!

여포는 서주로 돌아가게 했어. 그리고 유비를 불렀어.
소패로 돌아가 여포와 형제처럼 사이좋게, 싸우지 말고 지내시오.
예.

내가 유 장군에게 소패에 있으라고 하는 것은, 함정을 파 놓고 호랑이를 기다리라는 것이오.

진규 부자와 의논하며 실수하지 않도록 하시오. 내가 뒤에서 도와주겠소.
예, 알았습니다.

조조는 군사를 거느리고 허도로 돌아갔는데, 뜻밖의 보고가 있었어.
단외가 이각을 죽이고 오습이 곽사를 죽여, 머리를 베어 가지고 왔습니다.
두 사람의 머리를 성문 앞에 높이 걸어 사람들에게 보여라.

사람들이 성문 앞에 높이 걸린 이각, 곽사의 머리를 보고 한마디씩 했어.
꼴좋다!
세상을 어지럽히던 역적들의 머리군!
저걸 보니 속이 다 시원하네!
조조는 다시 군사들을 갖추고 황제께 아뢰었어.
장수가 반란을 일으켰습니다. 군사들을 이끌고 가서 무찌르겠습니다.
역적들을 빨리 무찌르고 돌아오시오.
조조는 순욱에게 허도를 지키게 하고, 대군을 이끌고 남양으로 향했어.
조조가 넓은 밀밭 사이의 좁은 길로 들어서면서 보니 밀이 모두 익었는데,

백성들은 많은 군사가 몰려오자 무서워서 밀을 베지 못하고 달아났어.

피하자!

밀밭이 다 뭉개지겠어.

조조는 백성들에게 사람을 보내, 자기의 뜻을 알리게 했어.

나는 황제 폐하의 뜻을 받들어 군사를 거느리고 역적을 쳐서 백성을 편히 살게 하려 한다.

마침 밀이 익었는데, 밀밭을 밟아 밀을 못 쓰게 하는 군사가 있으면 모두 목을 베겠다.

그러니 백성들은 안심하고 밀을 거두어들여라.

백성들은 조조의 말을 전해 듣고 몰려와 조조에게 절을 했어.

밀밭을 밟지 못하게 해 주셔서 감사합니다.

역적들을 모조리 무찌르고 돌아오십시오.

조조의 군사들은 모두 밀을 밟지 않도록 아주 조심하며 나아갔어.
그런데 갑자기, 조조가 탄 말 옆의 밀밭에서 비둘기 한 마리가 날아올랐어.
푸드득
앗!
조조의 말이 놀라 밀밭으로 뛰어들어 밀들을 짓밟았어.
이히히힝!
조조는 급히 놀란 말을 달래어 길로 돌아가게 했어.
후유…….

조조는 곧 법을 맡은 부하를 불렀어.
내가 밀밭을 밟는 죄를 지었으니, 벌을 받아야 하지 않겠느냐?
승상께 어떻게 죄를 따지겠습니까?
내가 만든 법을 내가 어겼으니, 어떻게 군사들에게 법을 지키라 하겠는가?
조조는 재빨리 칼을 빼어 자신의 목을 베려 했어. 곽가 등이 크게 놀랐어.
그러니 내가 내게 벌을 내리겠다!
앗, 안 됩니다!
승상님, 안 됩니다!
옛날에 공자님이 지으신 역사책 〈춘추〉에서는, '아주 높은 사람에게는 법대로 할 수 없다.'고 했습니다.
지금 승상께서는 많은 군사를 거느리고 역적을 치러 가시는데, 왜 스스로 목숨을 끊으려 하십니까?

조조는 잠깐 생각하다가, 자신의 머리카락을 한 줌 칼로 잘랐어.
그렇다면 머리 대신 이 머리카락을 자른다.

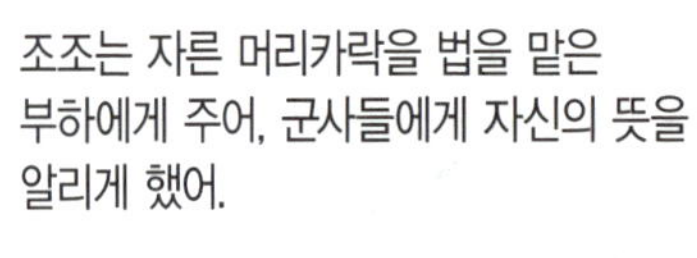

조조는 자른 머리카락을 법을 맡은 부하에게 주어, 군사들에게 자신의 뜻을 알리게 했어.

승상께서 밀밭을 밟아 법대로 하면 머리를 잘라야 하는데,

지금은 역적을 치러 가는 중이니 대신 머리카락을 자르셨다!
군사들은 법의 무서움을 알아, 아무도 법을 어기려 하지 않았어.
법을 어기면 죽는다.

조조가 남양성으로 진군해 가자, 남양성의 장수는 급히 형주성의 유표에게 도와 달라는 편지를 보낸 후 군사를 이끌고 성에서 나왔어.

조조, 이놈! 너는 의로운 척하며 내 아름다운 작은어머니를 훔쳤다가 혼자서 달아나더니, 부끄러운 줄도 모르고 또 왔구나! 짐승만도 못한 놈!

조조가 허저에게 소리쳤어.

당장 가서 저 건방진 장수 놈이 입을 놀리지 못하게 하라!

허저, 나갑니다!

장수는 부하 장수 장선을 내보냈어.
허저를 단칼에 베어 버려라!
이랴!

그런데 허저가 장선을 단칼에 베어 버렸어.
으악!
떵!

장선이 죽자, 장수의 군사들은 크게 져서 달아났어.
쳐라!
성으로 달아나자!

조조의 군사는 성을 포위하고 공격했어. 장수의 군사는 성문을 굳게 닫고 활만 쏘아 댔어.

핑
피 핑 아!
와아

조조는 사흘 동안 성을 돌며 성벽을 살펴보더니,

북서쪽 성벽 아래 해자를 흙과 돌로 메우고, 성벽에 붙여 나뭇단을 쌓게 했어.

나뭇단 위로 올라가 성벽을 넘을 수 있도록 튼튼히 쌓아라!

그리고 바퀴 달린 높은 사다리들을 성벽 가까이 세워, 올라가 성안을 내려다볼 수 있게 했어.
하하, 성안이 저렇게 생겼구나!
빨리 빼앗자!

성안에서 가후가 장수에게 말했어.
그게 무슨 말이오?
조조가 어떻게 하려고 하는지 알았습니다. 조조의 계획을 거꾸로 이용하면 됩니다.

8. 자기의 눈알을 삼킨 하후돈

조조가 사흘 동안이나 성벽 밖을 돌며 성벽을 자세히 살피는 것을 제가 몰래 보았습니다.
그는 남동쪽의 성벽이 조금 약하다는 것을 발견하고, 그곳으로 쳐들어오려는 것 같습니다.
그래서 우리를 속이려고, 반대쪽인 북서쪽 해자를 메우고 성벽 아래에 나뭇단을 쌓아, 그쪽으로 쳐들어올 것처럼 꾸미고 있습니다.
그럼 어떻게 해야 되겠소?
백성들을 군사들처럼 꾸며 북서쪽을 지키게 하고, 군사들을 남동쪽에 숨겨 놓았다가,

그들이 남동쪽 성벽을 허물고 들어오면 덤벼들어 치게 합니다.
그러면 틀림없이 조조를 사로잡을 수 있을 것입니다.
멋진 생각이오!
한 군사가 조조에게 보고했어.
장수가 군사들을 모두 북서쪽으로 보내, 남동쪽이 텅 비었습니다.
으음, 내 생각대로 되었군.
한밤중이 되자, 조조는 군사를 이끌고 가서 남동쪽 성벽을 부수고 성안으로 쳐들어갔어.
단숨에 쳐라!
와아아!

어?
성안이 왜 이렇게 조용하지?

이때, 숨어 있던 장수의 군사들이 사방에서 덤벼들었어.
조조를 사로잡아라!
와아아
앗, 속았다! 후퇴하라!

조조의 군사는 허겁지겁 성 밖으로 달아났어.
어떻게 된 거야?
우리 꾀에 우리가 넘어갔어!
기가 막혀!

장수가 조조의 군사를 쫓아가 크게 무찌르고 성안으로 돌아가자, 가후가 말했어.
틀림없이 조조는 허도로 달아날 것입니다. 급히 유표에게 편지를 보내, 조조가 달아나는 길을 막고 치라 하십시오.

유표가 장수의 편지를 받고 군사를 일으키려 하는데, 한 군사가 급히 와서 보고했어.
손책이 호구에까지 와서 진영을 세웠습니다.

참모 괴량이 나섰어.
손책이 우리의 턱 밑에 와서 진영을 세운 것은, 조조가 시킨 것입니다.
우리가 자기를 쫓지 못하게 하려는 것이지요.
그런데 싸움에 져서 달아나고 있는 조조를 지금 치지 않으면, 나중에 반드시 걱정거리가 생길 것입니다.
유표는 부하 장수 황조에게, 손책이 쳐들어오면 잘 막으라 하고, 군사를 이끌고 남양군 안중현으로 가서 조조가 돌아갈 길을 막았어.
그리고 이 사실을 바로 장수에게 알렸어.

장수는 바로 가후와 함께 군사를 이끌고 조조를 쫓아갔어.

둑
둑
둑
둑
둑

허도를 향해 가던 조조는, 남양군 양성의 육수 가에 이르자 갑자기 울음을 터뜨렸어.

으흐흐흑

사람들이 모두 놀라는데, 허저가 나섰어.

승상께서는 왜 우십니까?

작년에 여기에서 전위를 잃은 것이 생각나, 나도 모르게 눈물이 나왔소.

조조는 제단을 마련하고 울며 절했어.

나의 용맹스런 전위여! 그대가 그립구나!

내 조카 안민아! 내 아들 앙아! 보고 싶다!

이튿날, 허도를 지키는 순욱이 조조에게 편지를 보내왔어.

조조는 순욱에게 답장을 써 보냈어.

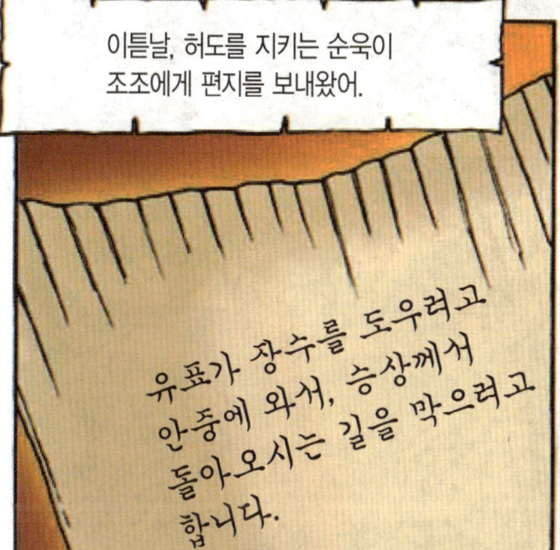

조조는 안중현에 들어섰어. 앞쪽에서는 유표가 길을 막고, 뒤쪽에서는 장수가 쫓아왔어.

조조는 길에서 조금 벗어난 험한 곳에 진영을 세우고, 진영 밖의 나무와 바위 뒤에 군사를 숨겼어.

유표와 장수가 만나 군사를 합쳐 조조의 진영을 습격했어.

쳐라!

모조리 쓸어 버려라!

어? 진영이 텅 비었잖아!

어떻게 된 거야?

이때, 숨어 있던 조조의 군사들이 사방에서 덤벼들었어.

독 안에 든 쥐다! 모조리 죽여라!

엄마야, 당했네!

유표와 장수는 많은 군사를 잃고 달아나,
우리가 속았어!
으으, 창피!

남은 군사를 이끌고 안중으로 갔어.
우리가 간사한 조조의 꾀에 속다니…….
다시 한 번 공격해 보지요.

이때, 순욱이 조조에게 또 편지를 보내왔어.
원소가 군사를 일으켜 허도로 쳐들어오려 합니다.

원소가 허도로 쳐들어오면 큰일이다!
조조는 곧 군사를 이끌고 허도로 향했어.

장수와 유표, 가후가 장수의 막사에 모였어. 장수가 급히 말했어.
조조가 허노로 떠났다고 합니다. 이 기회에 쫓아가서 쳐야 합니다.

가후가 나섰어.
안 됩니다. 지금 쫓아가 싸우면 틀림없이 집니다.
무슨 소리요? 지금 치지 않으면 다시없을 기회를 놓치게 되오!

유표와 장수는 조조의 군사를 쫓아갔어.
쳐라!
와아아!

그런데 조조의 군사에게 크게 져서 달아나기에 바빴어.
깨갱

진영으로 달아나던 유표와 장수는, 마중 나온 가후를 길에서 만났어.
공의 말을 듣지 않고 뒤쫓아 가 치다가 지고 말았소.
지금 다시 뒤쫓아 가 치면 이길 것입니다.

방금 져서 도망쳐 왔는데, 다시 쫓아가란 말이오?

유표가 쫓아가지 않으려고 하자, 장수는 혼자 군사를 이끌고 가서 조조의 군사를 쳤어.
다시 쫓아가면 크게 이깁니다. 그렇게 되지 않으면 제 목을 치십시오.
와아!
이 싸움에서 장수는 크게 이기고 돌아왔어. 유표가 가후에게 물었어.
전번에는 팔팔한 군사로 적을 쫓는데도 공은 진다고 했고,
이번에는 진 군사로 이긴 군사를 쫓는데도 공은 이긴다고 했소.
그런데 두 경우 모두 공이 말한 대로 됐소. 어째서 그렇게 된 것이오?
그것은 알기 쉽습니다.

조조는 싸움에 지고 돌아가기는 하지만, 적군이 쫓아오리라 생각해, 용맹스러운 장수와 군사를 뒤쪽에 두어 방비할 테니,
그들을 덮치더라도 당할 수 없다는 것을 알 수 있었지요.
조조가 급히 군사를 이끌고 물러가는 것은, 틀림없이 허도에 어떤 일이 생겼기 때문이어서,
뒤쫓는 우리의 군사를 물리친 뒤에는 빨리 가려고 뒤쪽을 생각하지 않을 것입니다.
그래서 다시 쫓아가 치면 이긴다고 한 것입니다.
오, 그래서 그렇게 되었군.
참으로 놀라운 판단이오.

이제 유 장군은 형주로 돌아가시고, 장 장군은 양성을 지키면서 서로 도우시는 것이 좋겠습니다.
그렇게 하지요.
좋습니다.

한편, 조조는 허도로 돌아가 헌제를 뵙고 손책의 공을 말씀드려, 손책을 장군으로 임명하게 했어.
승상의 뜻대로 하시오.

그리고 손책에게 사람을 보내, 유표를 막아 치라고 했어.

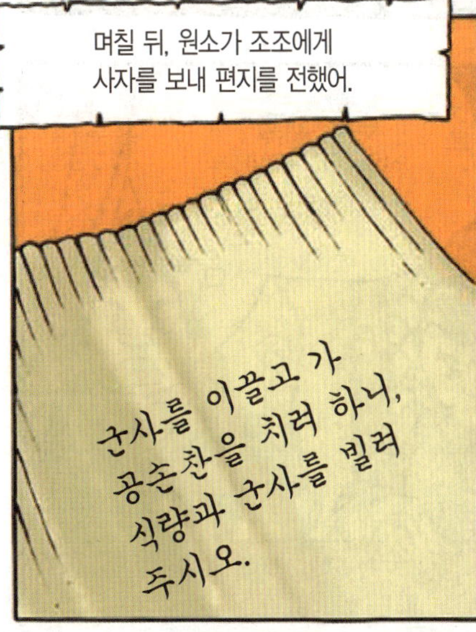

며칠 뒤, 원소가 조조에게 사자를 보내 편지를 전했어.
군사를 이끌고 가 공손찬을 치려 하니, 식량과 군사를 빌려 주시오.

조조는 곽가와 순욱을 불렀어.
전에 원소가 허도로 쳐들어오려 한다고 했있는데, 내가 돌아오니 딴소리를 하는군.

건방지게 명령하듯 식량과 군사를 달라고? 당장에라도 원소를 치고 싶은데 힘이 모자라니, 어떻게 하면 좋겠소?
우리 한나라를 세우신 고조 유방께선 힘이 약했으나 지혜가 많아,

힘이 훨씬 센 항우에게 이기셨습니다. 승상께서는 비록 군사의 수는 적지만,

지혜가 앞서시니, 원소에게 이길 수 있습니다.

곽가의 말에 순욱도 거들었어.
곽가의 말이 맞습니다. 원소가 군사는 많아도 두려울 것이 없습니다.

서주의 여포가 우리에게는 가장 큰 걱정거리입니다.

원소가 북쪽으로 가 공손찬을 치면, 우리는 먼저 동쪽의 여포를 친 다음에 원소를 치는 것이 좋겠습니다.

우리가 원소를 먼저 치면, 틀림없이 여포가 허도로 쳐들어올 것입니다.

공손찬
원소
여포
조조
유비
원술
유표
손책

그럼 여포를 어떻게 쳐야 하겠소?
먼저 편지를 써서 유비에게 보내 여포를 치라 하고, 유비의 답장을 기다려 군사를 움직이는 것이 좋을 것 같습니다.

좋소.
그렇게 합시다.
조조는 유비에게 편지를 써 보내고,
원소의 사자를 잘 대접해 돌려보냈어.
그리고 헌제에게 말해
원소를 대장군으로 임명하게
하고, 기주·청주·유주·병주,
네 주를 다스리게 했으며,
원소에게 비밀 편지를
써 보냈어.
원 장군께서
공손찬을 치시면
도와 드리겠습니다.
원소는 대장군이 되었을 뿐만 아니라
조조가 자기를 돕겠다고 하자, 기뻐하며
공손찬을 치러 군사를 일으켰어.
이즈음, 서주의 여포는 자주 손님들을 청해
잔치를 열었는데, 그때마다 진규·진등 부자가
여포를 치켜세웠어.
여 장군은 이 시대의
가장 뛰어난
영웅이십니다.

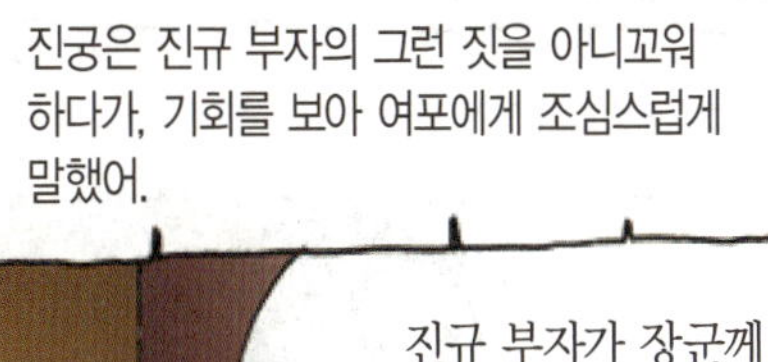

진규 부자가 장군께 지나치게 아첨하는데, 왜 그러는지 모르니 주의하십시오.

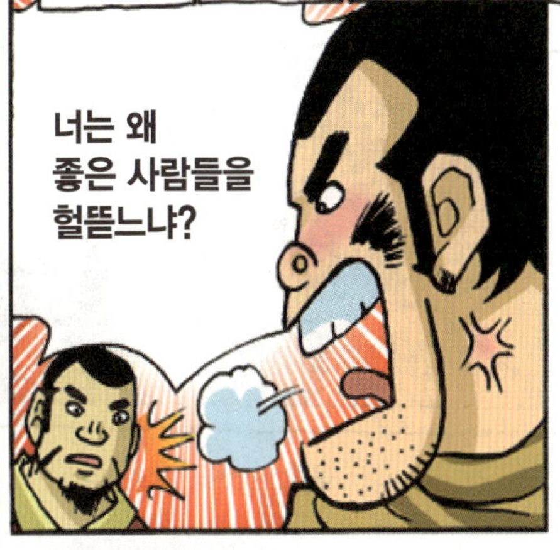

진궁은 어느 날, 답답한 마음을 풀어 보려고 아랫사람 몇을 데리고
소패 쪽으로 사냥을 하러 갔어.

그런데 진궁의 앞쪽에서 한 사나이가 급히 말을 타고 가고 있었어.
누구지?
수상하다.

진궁은 아랫사람들과 함께 샛길을 달려,
사나이의 앞을 막았어.
너는 누구냐?
아……,
저, 저…….

저자의 몸을
뒤져라!

이자의 품에
편지가 들어
있습니다.

진궁은 사나이를 여포에게 데려갔어.
여포가 사나이를 다그쳤어.
어떻게
된 거냐?
조 승상께서
유비 장군에게
편지를 전하라 하셔서
왔다가, 답장을 받아
돌아가고 있었습니다.

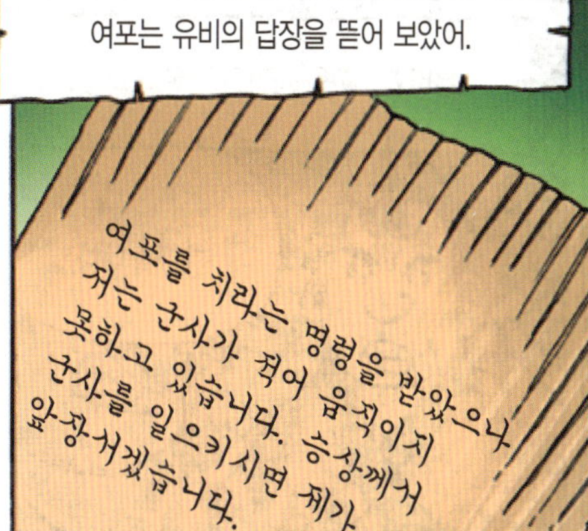

여포는 유비의 답장을 뜯어 보았어.
여포를 치라는 명령을 받았으나
저는 군사가 적어 움직이지
못하고 있습니다. 승상께서
군사를 일으키시면 제가
앞장서겠습니다.

뭐? 조조와
유비가 나를
치겠다고?

우선 저놈의 목부터
당장 베어라!

그리고 고순과 장료를 불렀어.
두 장수는 먼저
소패의 유비를
쳐라!
예!

고순은 군사를 이끌고 가서 소패성을 포위했어.

유비는 급히 부하들을 불러 회의를 했는데, 손건이 나섰어.
빨리 조조에게 급한 사정을 알려야 합니다!
누가 허도로 가겠소?
유비와 한고향 사람인 간옹이 나섰어.
제가 가겠습니다.

유비는 곧 편지를 써서 간옹에게 주어, 고순 군사들의 포위를 뚫고 조조에게 가게 하고, 성을 지킬 준비를 했어.
손건
북문
동문
(유비의 가족)
관우
미축 미방
장비
서문
유비
남문

고순이 군사를 이끌고 남문 앞에 이르자, 유비가 문루에서 소리쳤어.
나는 여포 장군과 잘못된 일이 없는데, 왜 군사를 이끌고 왔소?

네가 조조와 짜고 우리 여포 장군을 치려 하지 않았느냐? 다 들통 났으니 어서 나와 오랏줄을 받아라! 썩 나오지 않으면 내가 쳐들어가겠다!

유비가 아무 대꾸도 하지 않자, 고순은 성을 공격했어. 그러나 유비는 성문을 굳게 닫고 나가지 않았어.

쳐라! 성을 깨뜨려라!
와아아!

장료가 군사를 이끌고 서문 밖에 이르렀어. 관우가 문루에서 소리쳤어.
공은 품위 있는 분 같은데, 왜 도적놈 여포 아래에 있소?

장료는 한동안 아무 말 없이 머리를 숙이고 있다가 군사를 돌려 물러갔어.

한편, 간옹은 허도에 이르러
유비의 편지를 조조에게 전했어.

조조는 곧 하후돈·하후연·여건·이전에게
군사 5만을 주어 먼저 떠나게 하고, 자신도
많은 군사를 거느리고 서주로 향했어.

여포는 조조의 군사가 몰려온다는 보고를
받고, 후성·학맹·조성에게 기병을 주어
고순과 함께 소패성에서 30리 떨어진
곳으로 가서 조조의 군사를 막게 하고,

자신도 많은 군사를 이끌고 가서
그들을 돕기로 했어.

소패성을 포위하고 있던 고순이 군사를 거두어 물러가자, 유비는 조조의 군사가 오기 때문이라고 생각했어. 그래서 관우·장비와 함께 군사를 거느리고 성에서 나가 진영을 세우고, 조조의 군사가 오기를 기다렸어.

한편, 하후돈은 군사를 이끌고 나아가다가, 고순이 이끌고 오는 군사와 들판에서 마주쳤어.

빙고!

하후돈과 고순이 맞붙었어.

이야앗!

에잇!

두 장수는 4,50합을 싸웠는데, 마침내 고순이 힘이 부쳐 달아나기 시작했어.
서라! 달아나지 마라!
고순을 쫓는 하후돈을, 고순의 동료 장수 조성이 활로 겨누었어.
하후돈, 너는 내가 맡겠다!
피융
조성이 쏜 화살이 하후돈의 왼쪽 눈에 꽂혔어.
악

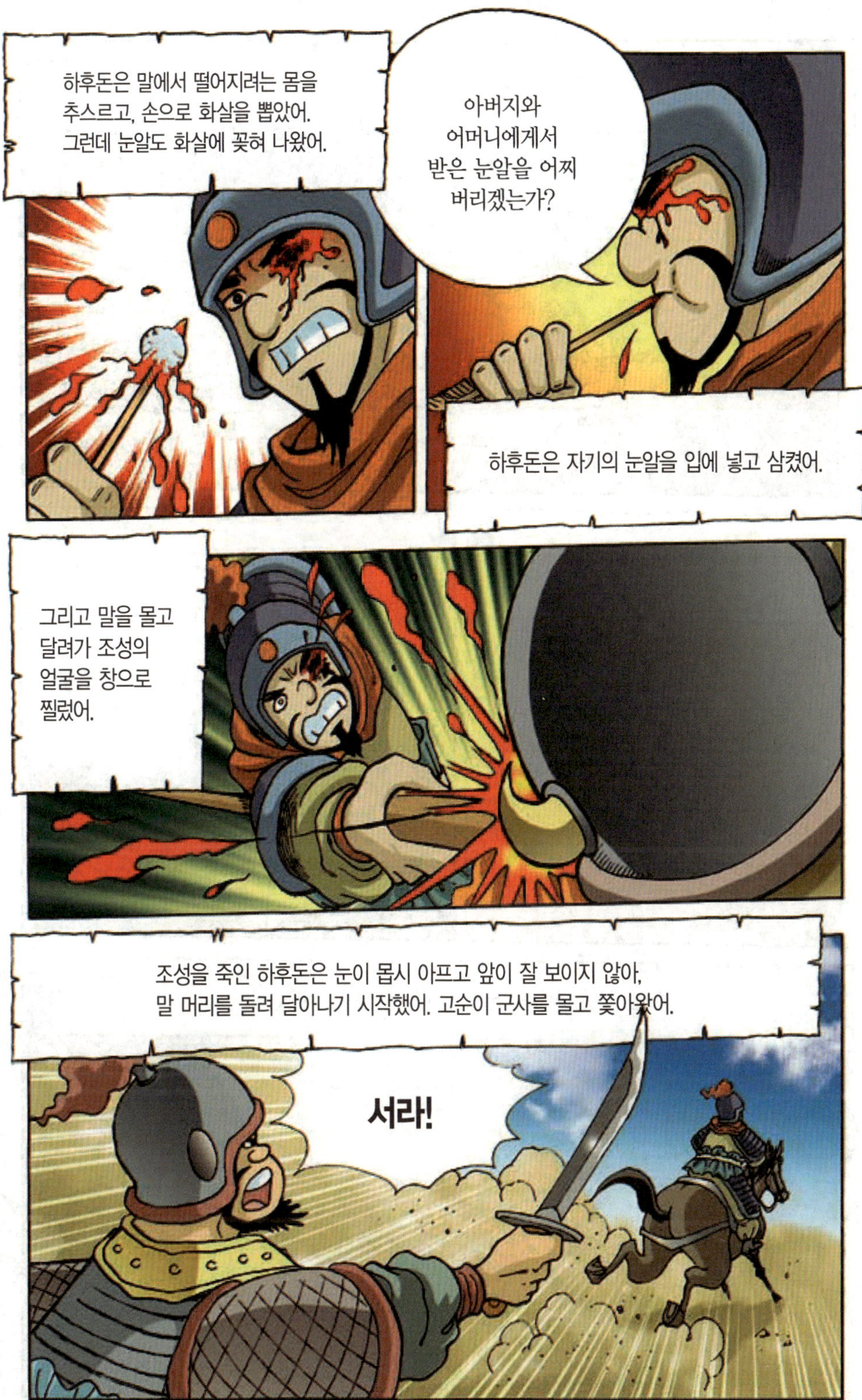

하후돈은 말에서 떨어지려는 몸을 추스르고, 손으로 화살을 뽑았어. 그런데 눈알도 화살에 꽂혀 나왔어.
아버지와 어머니에게서 받은 눈알을 어찌 버리겠는가?
하후돈은 자기의 눈알을 입에 넣고 삼켰어.
그리고 말을 몰고 달려가 조성의 얼굴을 창으로 찔렀어.
조성을 죽인 하후돈은 눈이 몹시 아프고 앞이 잘 보이지 않아, 말 머리를 돌려 달아나기 시작했어. 고순이 군사를 몰고 쫓아왔어.
서라!

하후돈의 군사는 크게 져서 제북으로 물러나 진영을 세웠어.

첫 싸움에서 이긴 고순은,
이번에는 유비를 치러 가다가,

많은 군사를 이끌고 오는 여포를 만났어.

하후돈의 군사를
무찔러 멀리 쫓아
버렸습니다!

그럼 인제
유비를
쳐야겠소!

여포는 모든 군사를 이끌고 유비의 진영으로 쳐들어갔어.

단숨에 쳐라!

와

와

와

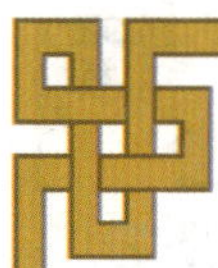

9. 호랑이 여포의 죽음

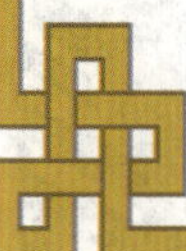

유비의 군사들은 용감히 싸웠어. 그러나 군사의 수가 여포의 군사보다 워낙 적어 금방 무너졌어.
안 되겠다. 소패성으로 후퇴하라!
와아아

이놈, 유비야, 서라! 내 화극을 받아라!

빨리 다리를 내려라!

유비가 성문을 지나자, 여포가 바짝 뒤따랐어.

성문을 지키는 군사들이 여포를 막으려 하자, 여포가 화극을 휘둘러 모조리 쓰러뜨렸어.
귀찮다! 비켜라!
으악!
캑!
여포가 군사들을 무찌르는 사이에 유비는 반대쪽 성문으로 빠져나갔어.
여포의 군사들이 성안으로 구름처럼 몰려들었어.
와아 와아
와아
모두 쓸어 버려라!

여포는 유비의 집으로 갔어. 유비의 가족을 지키던 미축이 나왔어.

여 장군님, 대장부는 남의 아내 등 가족을 해치지 않는다고 했습니다.

그런데 이번에는 어쩔 수 없어 조조가 하라는 대로 했으니, 너그럽게 살펴 주십시오.

지금 여 장군과 천하를 차지하려고 싸우는 사람은 조조뿐입니다.

유 장군은 여 장군께서 활로 화극을 쏘아 구해 주신 은혜를 잊지 않아, 장군님을 배신하려 하지 않았습니다.

나와 유 장군은 오래된 친구인데, 내가 어찌 그의 가족을 해치겠는가.

여포는 고순과 장료에게 소패성을 지키게 하고, 산동의 연주로 갔어.

한편, 유비가 소패성에서 빠져나와 혼자 달아나는데, 누군가가 쫓아왔어.

뵙게 되어
기쁩니다.

관우와 장비,
두 동생이
죽었는지
살았는지도
모르고,
가족도
데려오지
못했으니,
어떻게 해야
하겠소?

우선 조조에게
가 있으면서 앞일을
생각해 보시는 것이
좋을 것 같습니다.

유비는 손건과 함께 허도로 향했어. 그들이
이르는 곳마다 사람들이 예주 목인 유비의
이름을 듣고 앞다투어 음식과 잠자리를
마련해 주었어.

많이
드셔유.

어느 날 밤, 유비는 '유안'이라는
사냥꾼의 집에서 묵게 되었어.

높으신 분, 훌륭하신 분이 오셨는데, 대접할 고기가 없으니 어떡하지? 밤이어서 들짐승을 잡아올 수도 없고…….

고기가 참 맛있군. 무슨 고기인가?
아, 예, 예……, 늑, 늑대 고기입니다.

이튿날 새벽, 유비는 손건과 함께 뒷마당에 매어 둔 말을 타려고 가다가, 부엌에 있는 젊은 여자의 시체를 보았어.

그런데 그 시체는, 두 팔의 살이 베어져 뼈가 드러나 있었어.
앗, 저 시체는 웬 것인가?
아, 예……, 제 마누라 입니다.

그런데 왜 팔에 살이 없는가?

아, 그, 그건……, 그건…….

그럼 어젯밤에 먹은 그 고기가……?

이 젊은이가 아내를 죽여 나를 대접했구나!

내답하지 않아도 되네. 나하고 같이 가지 않겠는가? 내 옆에 있게 해 주겠네.

유 장군님을 따라가고 싶지만, 늙은 어머니가 계셔서…….

유비는 유안의 집을 떠나 양성으로 향했어. 그런데 갑자기 앞쪽에
한 장수가 군사를 거느리고 나타났어.

아, 조 승상이다!

유비는 조조에게, 소패성을 여포에게 빼앗기고
도망쳐 오는 길이라 하고,

전날 밤에는 유안이라는 젊은이가
아내를 죽여 고기를 대접했다는 것도
덧붙였어.

조조는 손건에게 금 1백 냥을 주어,
유안에게 갖다 주게 했어.

조조가 제북에 이르자, 하후연이 조조를 진영으로 맞아들였어.

조조는 하후돈의 막사로 갔어.

하후돈 형이 싸우다가 화살에 한쪽 눈을 잃었는데, 아직도 낫지 않아 자리에 누워 있습니다.

허도로 돌아가 눈을 치료하도록 하시오.

조조는 사촌 동생인 조인을 불렀어.

여포는 지금 어디서 무엇을 하고 있는가?

진궁, 장패와 함께 태산의 도적 무리와 힘을 합쳐, 연주의 여러 곳을 치고 있습니다.

예!

그래? 그럼 너는 3천의 군사를 이끌고 가서 소패성을 쳐라. 나는 유비와 함께 여포를 치겠다.

조조가 많은 군사를 거느리고 소패에서 가까운 소관 근처에 이르렀을 때,
태산의 도적들인 손관, 오돈, 윤예, 창희가 3만 군사를 이끌고 와 앞을 막았어.
여포는 군사를 거느리고 서주로 돌아가서 없었어.

허저가 튀어나가자, 도적의 네 장수가
한꺼번에 덤볐어.

그런데 네 장수는 허저 하나를
이기지 못하고 달아나기
시작했어. 조조가 군사들을
이끌고 쫓아갔어.

이야앗!

챙

챙챙

쟁

도적들아,
서라!

손관 등의 무리가 소관으로 달아나 문을 굳게 닫자,
조조는 관문 가까운 곳에 진영을 세웠어.

소관의 군사 하나가 급히 서주로 달려가
여포에게 보고했어.
조조가 많은 군사를 이끌고 와 소관이 위험합니다!
알았다! 내가 바로 가서 소관을 구하겠다!

여포는 진규를 불렀어.
나는 진등과 함께 소관을 구하러 가겠소. 그동안 서주를 잘 지켜 주시오.
예.

진등이 여포를 따라 떠나기 전에,
진규가 진등에게 몰래 말했어.
전에 조 승상이, 동쪽 서주의 일은 너에게 맡긴다고 했다.

여포는 곧 끝장날 것이니, 일을 잘 처리 하도록 해라.
밖의 일은 제가 알아서 하겠습니다.

아버님은 미축과 함께 성을 지키다가, 여포가 싸움에 져서 쫓겨오면, 절대로 성안에 들어오게 하지 마십시오.

저는 여포에게서 빠져나올 방법을 이미 생각해 놓았습니다.
여기에 여포의 가족들이 있고,

여포를 따르는 부하들도 많이 있는데, 모든 것이 네 뜻대로 될지 모르겠구나.

그것도 다 생각해 두었습니다.

진등은 아버지와의 말을 마치고 여포에게 갔어.
이곳 서주성은 사방에서 적들이 쳐들어오려고 노리고 있는데,

조조도 틀림없이
힘을 다해 공격할
것입니다.

그러니 만약의
경우를 생각해,
보물과 식량을
하비성으로
옮겨 놓는 것이
좋겠습니다.

그렇게 하면 서주성을
적에게 빼앗기더라도
하비에 식량이 있어서
싸울 수 있을
것입니다.
옳은 말이오.
내 아내와 자식들도
하비로 옮겨야겠소.

여포는 송헌과 위속을 불러 자기의 가족과
보물, 식량을 하비로 옮기게 하고,

진등과 군사를 이끌고
소관을 지키러 떠났어.

그런데 길을 반쯤 갔을 때,
진등이 여포에게 말했어.
제가 먼저 소관으로
가서 우리 군과
조조 군의 형편을
알아보고 오겠습니다.

주공께서는
여기에 진영을
세우고 계시다가,
제가 돌아온 뒤에
움직이시지요.
그렇게
하겠소.

진등은 곧 소관으로 가서, 진궁과 손관에게 말했어.
주공께서 공들이 조조 군을
치지 않는다고 아주 괘씸하게
생각하셔서, 오시는 대로 벌을
내리겠다고 하셨소.

조조 군의 기세가
날카로워 섣불리
싸우면 안 되오.

우리는 소관을 굳게
지킬 테니, 주공께서는
소패성을 잘 지키시라고
해 주시오.
알았소.

진등은 밤이 깊어지자, 몰래 관문 문루로 올라가 편지를 매단 화살을 조조 군의 진영으로 쏘아 보냈어. 소관에서 횃불로 신호하면 바로 관으로 쳐들어오라는 편지였어.
핑

이튿날, 진등은 여포에게 갔어.
손관 무리가 소관을 조조에게 바치려는 기색을 보여, 진궁에게 잘 지키라고 했습니다.

장군께선 날이 어두워지면 몰래 소관으로 가서 진궁을 도우십시오.

그대가 미리 가 보지 않았으면 소관을 잃을 뻔했군.

지금 바로 다시 소관으로 달려가 진궁에게 전하시오. 오늘 밤 횃불로 신호하면 내가 소관으로 들어가겠다고 말이오.
예.

진등은 말을 몰아 진궁에게 갔어.

조조의 군사들이 벌써 샛길을 통해 관의 안쪽에 이르렀소. 그들이 서주로 가면 서주가 위험하오. 공들은 급히 서주로 가서 지키시오!
알았소!

진궁은 곧 군사를 이끌고 소관에서 나가 서주 쪽으로 달렸어.

진등은 관문 위로 올라가 횃불로 신호했어.
진궁의 신호다! 소관으로 달려라!

어둠 속에서 달리던 여포의 군사는, 앞쪽에서 달려오는 진궁의 군사와 부딪쳐 싸웠어.
적이다!
쳐라!
무찔러라!
와아아! 우와!

한편, 조조도 횃불 신호를 보고 소관으로 쳐들어갔어. 손관 등 장수들은 군사들과 함께 허겁지겁 달아났어.
조조다!
살려 줘!

여포와 진궁은 밤새껏 싸우다가 새벽이 되어서야 얼굴을 알아보았어.
앗, 진궁 아닌가?
앗, 주공!

우리가 적의 꾀에 넘어갔군!

서주성 앞에 이르러 소리를 질렀어.

그런데 화살이 빗발치듯 날아왔어.

그리고 미축이 성문 문루에 나타났어.
그러니 다시 우리 주공께 돌려 드려야 한다! 너는 이 성에 들어올 수 없다!
이 성은 우리 주공의 것인데, 네가 빼앗지 않았느냐?
진규, 진규는 어디 있느냐?
미축은 거짓말로 여포를 놀렸어.
내가 벌써 죽여 버렸다!
뭐, 뭐라고?

여포는 진궁을 돌아보았어.

그렇다면 진등은 어디에 있소?

장군은 아직도 일이 왜 이렇게 되었는지 모르시고, 그 간사한 놈에 대해 물으십니까?

그놈은 벌써 어디론가 사라져 버렸습니다.

으음…….

빨리 소패로 가서 다음 계획을 세워야 합니다.

그렇게 합시다.

여포는 말 머리를 돌려 소패로 가다가, 군사를 이끌고 오는 고순과 장료를 만났어.

왜 소패를 지키지 않고 오는가?

여포가 소패성 앞에 이르러 보니, 성에 조조 군사의 깃발이 꽂혀 있었어. 조조가 조인을 보내 성을 차지한 것이었어.

나는 한나라의 신하다! 어찌 역적인 너를 섬기겠느냐?
여포, 이놈아! 이 장비의 창을 받아라!
와 아!

성을 쳐라!
아 와 아야!
고순이 장비에게 덤볐으나 견디지 못하고 달아나자, 여포가 직접 나서서 장비와 싸웠어.
너를 기다렸다! 어서 머리를 바쳐라!
네놈 목숨이야말로 오늘이 마지막이다!

그런데 이때, 조조가 많은 군사를 이끌고 몰려왔어.

여포는 군사들을 이끌고 동쪽으로 달아나기 시작했어. 조조의 군사들이 쫓아왔어.

모조리 쳐라!

갑자기, 여포 앞에 관우가 나타났어.

여포, 달아나지 마라! 관우가 여기 있다!

여포가 겨우 관우를 막고 있는데, 뒤에서 장비가 들이닥쳤어.

여포, 나랑 싸우자!

여포는 진궁과 함께 군사들을 이끌고 하비를 향해 달아났어.
꽁지 빠지게!
서라!

여포가 하비 가까이 가자, 하비를 지키던 후성이 군사를 이끌고 나와 여포를 맞았어.
어서 성으로 들어가시지요.
한편, 관우와 장비는 오랜만에 다시 만났어.
나는 해주에 가 있다가 달려왔다.
저는 망탄산에 들어가 있었소.

두 사람은 바로 유비를 찾아갔어.
형님!
큰형님!
오, 동생들!

세 형제는 조조를 따라
서주성으로 들어갔어.

미축이 유비를 반갑게 맞았어.
주공, 주공의
가족들은 모두
무사하십니다.
고마운
일이오.

서주성을 차지한 조조는 잔치를 열고 참모와 장수들을 위로했어.
그리고 진규에게 큰 상을 내리고, 진등을 장군으로 임명했어.

이튿날, 조조는 회의를 열었어.
하비성으로 달아난
여포를 쳐서 이 싸움을
끝맺고 싶은데
어떻소?

정욱이 나섰어.
여포에게 남은 것은 이제 하비성 하나뿐입니다.

급히 치면 여포는 죽기로 싸우면서, 회남 수춘의 원술에게 가 몸을 기댈 것입니다.

여포와 원술이 힘을 합치면 치기가 어렵게 됩니다.

여포를 치려면 먼저, 하비와 수춘을 잇는 길을 막아야 합니다.

그래야 여포가 수춘으로 가지 못하게 하고, 원술이 하비로 가지 못하게 할 수 있습니다.

그리고 산동에는 아직 손관과 장패가 항복하지 않고 있으니, 그들도 주의해야 합니다.

나는 산동 쪽 길을 막을 테니, 유 장군은 수춘 쪽 길을 막아 주시오.
그렇게 하겠습니다.

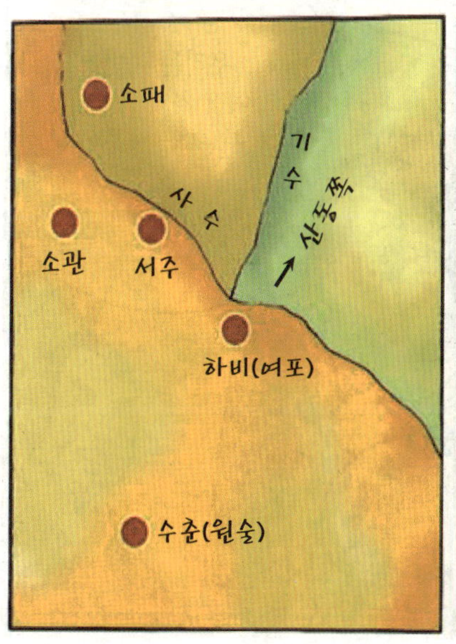

소패
소관
서주
사수
기수
산동쪽
하비(여포)
수춘(원술)

유비는 미축과 간옹을 서주에 남겨 두고, 손건·관우·장비와 군사들을 이끌고 수춘으로 난 길을 막으러 갔어.

조조의 군사가 성 가까이 왔는데도,
여포는 아무렇지도 않은 듯 진궁에게
말했어.

그들이 싸움을 걸어 오기를 기다려 치면, 그들을 사수의 깊은 물에 모조리 빠뜨려 죽일 수 있을 것이오.
조조는 며칠 동안 진영을 세우고, 군사를 이끌고 성문 아래로 가서 문루의 여포에게 소리쳤어.
그대가 원술과 또 사돈을 맺으려 한다기에, 내가 군사를 이끌고 왔소.
원술은 스스로 황제가 되어 반역을 했지만,
그대는 전날 동탁을 죽여 큰 공을 세웠는데, 어찌 이제 와서 역적과 손을 잡으려 하오?
내가 성을 깨뜨리면 후회해도 소용 없을 것이오!
지금 항복해서 나와 함께 황실을 받들면, 제후 자리를 잃지는 않을 것이오!

이때 갑자기, 여포 옆에 서 있던 진궁이 활로 조조를 겨누며 소리쳤어.
승상은 잠깐 진영으로 물러가 계시오. 아랫사람들과 의논해 보겠소!
이 간사한 도적놈아, 죽어라!
화살이 날아가, 조조 머리 위의 해 가리개에 꽂혔어.
앗!
진궁, 이놈! 내 기어코 네놈을 죽이겠다!
조조는 성을 공격하기 시작했어.
와아아!

그런데 여포가 성안에서 굳게 지키기만 하자, 조조는 군사를 물려 산동 쪽으로 난 길 옆에 진영을 세웠어.

성안에서 진궁이 여포에게 급히 말했어.
장군은 군사의 반을 거느리고 성 밖으로 나가 진영을 세우십시오.

저는 나머지 군사들과 함께 안에서 성을 지키겠습니다.

조조가 장군을 공격하면, 제가 군사를 이끌고 나가 조조의 뒤를 치고,

조조가 성을 공격하면, 장군이 조조의 뒤를 치십시오.

조조의 군사들은 열흘 안에 식량이 떨어질 테니, 북소리 한 번 울려 무찌를 수 있습니다.
그것 참 좋은 방법이오.

그런데 여포가 싸우러 나가려 하자, 아내 엄씨가 말렸어.
성을 부하에게 맡기고 아내와 자식들을 버리고 나가셨다가 무슨 일이라도 생기면 어떡해요? 나가지 마세요.
여포는 사흘 동안이나 혼자 고민했어.
으음……, 어떻게 하지?

진궁이 찾아와 재촉했어.
조조의 군사들이 성을 포위하고 있습니다. 빨리 나가 치지 않으면, 싸우기가 어렵게 됩니다.

며칠 생각해 보니, 성에서 나가 싸우는 것보다 안에서 지키는 것이 좋을 것 같소.

조조의 군사들이 식량이 바닥나게 되어 허도에서 가져오게 했는데, 곧 도착한다고 합니다.
장군께서 군사를 이끌고 가서, 식량을 가져오는 군사들을 무찌르십시오.
좋은 생각이오.
여포가 또 성에서 나가려 하자, 아내 엄씨가 울며 매달렸어.
당신이 성에서 나가시면 당장 성이 위험해져요! 성을 잃기라도 하면 후회해도 소용없어요!
전날 이각과 곽사가 난을 일으켰을 때도 당신은 저를 장안에 버려 두고 가셨는데,
다행히 방서가 숨겨 주어 당신을 다시 만날 수 있었잖아요.
그런데 또 저를 버리고 성에서 나가시겠다니요? 엉엉엉!
이거, 미치겠군!

여포가 어떻게 하면 좋을지 몰라 의견을 물으러 초선이에게 가자, 초선이도 말렸어.
저를 생각하신다면 성 밖으로 나가지 마세요.

걱정하지 마라. 내게 화극과 적토마가 있는데, 누가 나를 어쩌겠느냐?

여포는 진궁을 불렀어.
조조가 허도에서 식량을 가져온다는 것은 속임수인 것 같소. 조조는 간사해서 함부로 움직이면 안 되오.

진궁은 여포 앞에서 물러나 길게 한숨을 쉬었어.
아아, 여자들 때문에 모두 죽게 생겼구나!

여포는 마음이 답답해, 엄씨와 초선을 불러 날마다 술을 마셨어.
어, 취한다.

어느 날, 참모 허사가 왕해와 함께 여포를 찾아왔어.

원술은 지금 회남에서 세력을 크게 떨치고 있습니다.

장군과는 전에 사돈을 맺자고까지 했었는데, 왜 그에게 도움을 청하지 않으십니까?

원술의 군사들이 와서 우리와 앞뒤에서 치면, 조조의 군사를 무찌를 수 있습니다.

그거 아주 좋은 생각이오. 편지를 써 줄 테니, 원술에게 갖다 주시오.

예, 그렇게 하겠습니다. 그런데 우리의 군사가, 유비가 막고 있는 회남 쪽 길을 뚫어 주어야 합니다.

여포는 장료와 학맹을 불렀어.

두 장수는 군사 1천 명을 이끌고 가, 허사와 왕해가 갈 길을 뚫어 주시오!

한밤중이 되자, 장료가 군사 5백 명을 이끌고 앞서고, 학맹이 나머지 5백 명을 이끌고 뒤에서 허사와 왕해를 보호하며 성에서 나와 회남 쪽으로 달렸어.

유비의 진영 옆을 지나갈 때 유비의 군사들이 쫓아왔지만, 어둠 속으로 급히 달아났어.
뭐지?
무지 빠른데?

유비의 진영에서 멀어지자 학맹은 허사와 왕해를 따라가고,

장료는 말 머리를 돌려 하비성으로 향했어.

유비의 진영 근처에서 관우가 앞을 막았어.
누구냐?
서라!

그런데 관우와 장료가 서로 싸우기를 꺼려해 머뭇거리는 사이에 고순이 성에서 군사를 이끌고 나와 장료와 함께 성으로 돌아갔어.
한편, 허사와 왕해가 수춘으로 가서 원소에게 여포의 편지를 전하자, 원술은 편지를 읽고 못마땅해했어.
전에는 내가 보낸 사자를 죽이고 사돈 맺기를 거절하더니, 왜 이제 와서 사돈을 맺자고 하지?
그때는 조조의 간사한 속임수에 넘어가 그렇게 했으니, 폐하께서 널리 살펴 주십시오.
이때는 원술이 스스로 황제 자리에 올라 있어서, 허사가 '폐하'라고 하며 비위를 맞춰 주었어.
조조가 공격하니 급해서 딸을 주겠다는 것이 아닌가?
조조는 하비를 쳐부수면, 다음에는 틀림없이 이곳 수춘을 노릴 것입니다.

그러니 하비를 구해 주셔야 합니다.
여포는 이랬다저랬다 변덕이 심해서 믿을 수 없으니, 먼저 딸을 보내면 군사를 보내겠다.

허사와 왕해는 원술의 말을 전하려고 하비로 향했어.

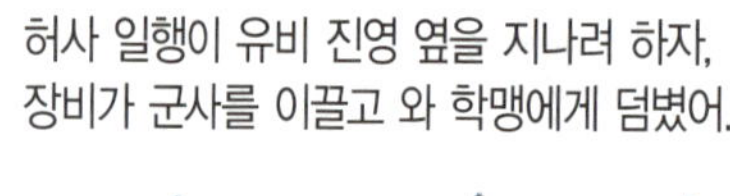

허사 일행이 유비 진영 옆을 지나려 하자, 장비가 군사를 이끌고 와 학맹에게 덤볐어.
어디를 함부로 지나가려 하느냐? 머리를 내놓고 가거라!

장비는 눈 깜짝할 사이에 학맹을 낚아채 사로잡아 버렸어.
하하하, 개구리처럼 버둥거리는구나!
엄마야! 살려 줘!

유비는 학맹을 조조에게 끌고 갔어.
여포가 원술에게 갔다 오라고 했느냐?
예. 여포 장군이 원술에게 군사를 보내 달라고 했는데,

원술이 여포 장군에게 딸을 먼저 보내면 군사를 보내 주겠다고…….

저놈의 목을 쳐라! 그리고 여포의 군사가 하나도 지나가지 못하게 길목을 잘 지켜라!
아이고…

또 여포의 군사가 지나가게 하면 목을 치겠다!

한편, 허사와 왕해는 학맹이 장비를 막는 사이에 달아나 하비성으로 돌아가, 여포에게 원술의 말을 전했어.
유비가 길을 막고 있으니, 딸을 어떻게 보내지?

학맹이 장비에게 잡혔으니 조조가 우리의 일을 알고 길을 더 단단히 지킬 것입니다.
그러니까 걱정이지.

장군께서 친히 나서지 않으시면, 누가 길을 뚫고 가겠습니까?
여포는 장료와 고순을 불렀어.
두 사람은 곧 군사 3천 명과 수레 하나를 준비하라!

내가 밤에 딸을 2백 리 밖까지 데려다 줄 테니, 그다음엔 두 사람이 데리고 가도록 하라!

이윽고 밤이 되자,

여포는 딸을 갑옷으로 싸서 등에 업고 적토마에 올라, 장료와 고순, 군사들을 이끌고 성에서 나와 달렸어.

으드득 득 득

여포가 유비의 진영 앞을 지나려 하자, 북소리가 울리며 관우와 장비가 나타나 앞을 막았어.

둥 둥

여포, 달아나지 마라!

앗!

유비가 군사를 이끌고 여포에게 덤볐어.

여포를 사로잡아라!

여포는 딸을 업고 있어서 싸우지도 못하고 하비성으로 쫓겨 들어갔어.

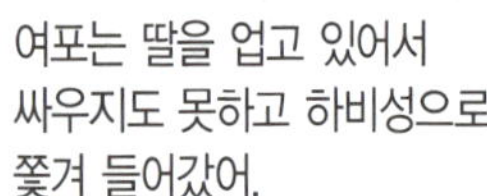

성으로 쫓겨온 여포는 답답해서 날마다 술만 마셨어.

한편, 조조는 곽가와 순욱을 불렀어.

20만 군사로
치는 것보다
더 좋은
방법입니다.
이 순욱에게도 좋은 생각이 있는데,
혹시 기수와 사수,
두 강의 물로 하비성을
치자는 것이 아니오?

바로 맞혔소!

조조는 기뻐하며, 군사들을 시켜
하비성 근처를 흐르는 두 강의 둑을
터트리게 했어.

강물이 하비성을 향해 쏟아져 갔어.
촤아아!

성의 동쪽 문만 빼고, 나머지 문들은
모두 물에 잠겼어.

그래도 여포는 엄씨와 초선의 시중을 받으며 술만 마셨어.

내 적토마는 물에서도
평평한 땅에서 달리듯 하는데
무슨 걱정을 하겠느냐?

어느 날, 여포는 우연히 거울에 비친
자기의 얼굴을 보고 깜짝 놀랐어.

앗, 이, 이게
내 얼굴인가?

아, 술을 너무
많이 마셔서
얼굴이 아주
못쓰게
되었구나.
당장 술을
끊어야겠다.

여포는 아무도 술을 마시면 안 된다는 '금주령'을 내렸어.

지금부터
성안에서 술을 마시는
사람이 있으면, 누구든
목을 베겠다!

이때, 장수 후성의 마부가
후성의 말 열다섯 마리를 훔쳐
유비에게 바치려고 가는데,
이히히힝!

후성이 뒤쫓아 가 마부를 죽이고
말들을 찾아왔어.

이 소식을 듣고 장수 송헌과 위속이 후성을 집으로 찾아왔어.
말들을 되찾아
오셨다면서요?
기쁘시겠소.
축하하오.
하하하, 고맙소!

후성은 두 장수에게 술을 한 잔
대접하고 싶었는데 여포의 금주령이
마음에 걸려,
잠깐만
기다리시오.

미리 술 한 병을 들고 여포를 찾아갔어.
잃었던 말들을
찾아왔더니,
장수들이 찾아와
축하해 주었습니다.

집에 빚어 놓은 술이 좀 있는데, 저희끼리 함부로 마실 수가 없어서, 먼저 장군께 가지고 왔습니다.
뭐라고?

내가 술을 마시면 안 된다고 했는데, 장수들이 모여 술을 마셔?
아주, 아주, 쪼, 쪼끔만…….
여봐라! 후성을 끌어내 목을 쳐라!

송헌과 위속 등 장수들이 급히 와서 용서를 빌었어.
지금 성이 적에게 포위되어 있으니, 장수를 죽이면 안 됩니다.
용서해 주십시오.
그대들의 낯을 보아 목을 치지는 않고, 매 100대를 때리도록 하겠다.

매 100대를 맞으면 적과 싸울 수 없습니다!
그렇다면 50대를 때리겠다! 그 아래는 안 된다!

후성은 매 50대를 맞고 겨우 풀려났어.

후성이 집에 돌아와 누워 있자, 송헌과 위속이 찾아왔어.
장군, 괜찮으시오?
그대들이 도와주지 않았으면, 난 죽었을 거요.

여포는 자기 아내와 자식들만 소중히 생각하고, 우리는 지푸라기만도 못하게 여기오!

적군이 성을 포위하고 있고 강물이 성으로 밀려들어, 우리가 살 날이 얼마 남지 않은 것 같소!

여포는 사납고 의롭지도 않으니, 그를 버리고 성에서 빠져나가는 게 어떻겠소?
그것은 남자로서 할 짓이 아니오. 차라리 여포를 사로잡아 조 공에게 바칩시다.

여포가 믿는 것은 적토마뿐이오. 두 분이 여포를 사로잡겠다면, 나는 먼저 적토마를 훔쳐서 조 공에게 가겠소.

그렇다면 우리는 동문 위에 흰 깃발을 꽂고 문을 열겠소. 그때 조 공에게 성으로 쳐들어오라고 하시오.

이날 밤, 후성은 적토마를 훔쳐 타고 동문으로 달려갔어. 위속이 성문을 열어, 후성이 빠져나가게 했어.

이튿날 새벽, 날이 새자 동문 위에 흰 깃발이 꽂혔어.
조조의 군사들은 개미 떼처럼 동문으로 몰려갔어.
앗아아!
쳐라!
무찔러라!
왓아 아아!
앗, 이게 무슨 소리냐?
여포는 급히 군사를 불렀어.
빨리 내 적토마를 끌고 오너라!
장군, 적토마가 없어졌습니다!
뭐라고?

여포는 화극을 들고
뛰어나갔어.

조조의 군사들이 동문 안으로 들어와,
여포의 군사들과 크게 싸웠어.

와아아
챙!
챙!

쳐라!

새벽에 시작된 싸움이 한낮에까지 이어지자, 조조의 군사들이 성문 밖으로 물러갔어.

성문을 단단히
닫아 걸어라!

여포는 성문 다락으로 올라가 잠깐
쉬려 했는데, 깜빡 잠이 들어 버렸어.

쿨

송헌은 여포의 손에서 살짝
화극을 빼앗고,

쓱

위속과 함께 여포를 밧줄로 묶었어.
여포가 잠에서 깼어.
앗, 이게 무슨 짓이냐?
끙 끙...
너는 우리에게 사로잡혔다! 꼼짝 마라!
뭐라고? 이놈들이!
위속이 조조의 군사들에게 흰 깃발을 흔들었어.
조조의 군사들이 성문 앞으로 새까맣게 몰려왔어.
흰 깃발이다!
와아!
와아아!

위속이 군사들에게 성문을 열게 하고,
성문 위에서 여포의 화극을 아래로 던졌어.
여포를
사로잡았다!
조조의 군사들이 성문 안으로 몰려 들어갔어.
와아 와아 와아
서문을 지키고 있던 고순과 장료는 물 때문에 밖으로 달아나지 못해 조조의 군사들에게 사로잡히고,
진궁은 남문 쪽으로 달아나다가 서황에게 붙잡혔어.

조조는 하비성에 들어가, 두 강의 둑을 막아 성에서 물이 빠지게 하고,
유비와 함께 백문루에 올라가 앉았어.
군사들이 여포를 끌고 왔어.
너무 꽉 묶어 아프오. 밧줄을 좀 느슨하게 해 주시오.
사나운 호랑이를 꽉 묶지 않을 수 있는가?
여포는 조조 뒤에 서 있는 후성과 위속, 송헌을 보았어.
내가 너희를 섭섭하게 한 적이 없는데, 왜 나를 배반했느냐?

너는 아내와 첩의 말만 듣고 장수들의 말은 듣지 않아 이 꼴이 되었지 않느냐? 그러고도 섭섭하게 하지 않았다고 하느냐?

이어서 고순이 끌려왔어.
너는 할 말이 있느냐?

이놈을 끌고 가 목을 쳐라!

이번에는 서황이 진궁을 끌고 왔어.

그대는 그동안 잘 있었소?

진궁은 조조가 묻는 말에 대답하지 않고 다른 말을 했어.
나는 너의 마음보가 올바르지 않아 너를 버렸었다!
내 마음보가 올바르지 않다면, 그대는 왜 저따위 여포를 섬겼소?
여포는 꾀는 없지만, 너처럼 간사하지는 않다.
그대는 자신이 꾀가 많다고 자랑했는데, 지금 왜 이렇게 되었소?
이 사람이 내 말을 듣지 않았기 때문이다. 내 말대로 했으면 이렇게 되지 않았을 것이다!
인제 어떻게 하겠소?
죽을 뿐이다.

그럼 그대의 늙으신 어머니, 아내와 자식들은 어떻게 하겠소?
으음…….

진궁은 잠깐 생각하다가 조금 공손하게 말했어.
'효'로 천하를 다스리는 사람은 남의 부모를 해치지 않고,

나라를 어질게 다스리는 사람은 남의 후손을 끊어지게 하지 않는다 하오.

늙으신 어머니, 아내와 자식들이 죽고 사는 것은 공의 손에 달렸소.

나는 이미 잡혀 왔으니 빨리 죽여 주시오. 아무런 미련도 없소.

조조는 진궁을 살려 주고 싶었는데,
진궁은 몸을 돌려 벌을 내리는 곳을 향해
계단을 내려가기 시작했어.

진궁!

진궁!

진궁의 어머니와 아내,
자식들을 허도로 옮겨 편히
살게 해 주어라.

그들을
허술히
대접하는
사람은 목을
베겠다!

진궁은 스스로 목을
길게 늘여 칼을 받았어.

퍼
퍼

조조는 진궁의 주검을 허도로 옮겨
잘 묻어 주게 했어.

조조가 진궁을 쫓아 계단 쪽으로 간 사이에 여포가 유비에게 말했어.

유 공은 높은 자리에 있고, 나는 죄인으로 끌려왔소.

조 공에게 말해서 나를 좀 풀어 주시오.

…….

조조가 다시 자리로 돌아와 앉자, 여포가 무릎을 꿇고 말했어.

이 여포는 조 공의 큰 골칫거리였는데, 이제 이렇게 무릎을 꿇었소.

공께서 대장이 되시고 내가 부장이 되면, 천하를 얻을 수 있을 것이오.

조조는 유비를 돌아보았어.

어떻게 하면 좋겠소?

공께서는
정원과 동탁의
죽음을 보지
못하셨습니까?

여포가 양아버지
정원과 동탁을 배신하고
죽였었지?
예,
할아버지.

여포가 유비를 노려보며 소리쳤어.
유비가 그 사실을
조조에게 일깨워
준 거야.
너는 믿을 수 없는
놈이구나!

조조는 곧 군사들에게 소리쳤어.
이놈을 당장
끌어 내려
목을 매어 죽여라!

장료가 끌려오다가 여포를 보고 소리쳤어.

천하의 맹장 여포는 적토마와 방천화극을 남기고 헛되이 죽었어.

군사들이 장료를 끌고 오자, 조조는 장료를 빤히 보았어.

그때 너 같은 역적을 불태워 죽이지 못한 것이 참으로 아쉽다!
뭐, 뭐라고?

싸움에 져서 사로잡힌 장수가 감히 나를 깔보아 욕되게 하다니!
유비와 관우가 조조를 말렸어.
승상께서는 장료 장군을 살려 주십시오.

10. 피로 쓴 비밀 조서

장료는 마음이 한결같이 곧은 사람입니다. 살려서 써야 합니다.
저는 전부터 장료가 의로운 사람이라는 것을 잘 알고 있습니다.
제가 목숨을 걸고 보증하겠으니, 살려 주십시오.
조조는 칼을 던지고 웃으며 둘러댔어.
하하하, 나도 장료가 의로운 사람이라는 것을 알기에, 장난을 좀 쳐 보았소.
조조는 장료의 밧줄을 풀어 주고, 자기의 옷을 벗어 장료에게 입혀 주었어.

그리고 장료를 자기의 옆자리에 앉혔어. 장료는 감동해서 마침내 조조에게 항복했어.
앞으로 힘껏 승상님을 모시겠습니다.
고맙소. 그대를 중랑장으로 임명하오.
감사합니다.
장패를 나에게 데려올 수 있겠소?
이튿날, 장패는 장료의 말에 따라 군사를 이끌고 와서 조조에게 항복하고,
손관·오돈·윤례를 데려와 항복하게 했어. 그런데 창희는 따라오지 않았어.
장패가 뵙습니다.

조조는 그들에게 벼슬과 상을 내렸어.
그리고 조조는 여포의 아내 엄씨와 딸, 초선을 허도로 보내 편히 살게 해 주었어.
충성!
조조는 유비와 함께 하비성을 떠나 허도로 향했어.
조조 일행이 서주를 지나갈 때, 백성들이 길을 막고 사정했어.
유 공을 우리 서주의 목으로 삼아 주십시오.
유 공은 나라에 큰 공을 세웠으니, 황제 폐하를 뵙고 임명을 받아 돌아오게 하겠소.

조조는 허도에 돌아가 유비를 승상부에서 가까운 집에서 살게 하고,
헌제에게 유비의 공로를 아뢰어, 유비에게 헌제를 뵙게 했어.

헌제는 유비를 좀 더 가까이 오게 하고 친절하게 물었어.
경의 조상은 어느 분이시오?
저는 중산정왕, 효경 황제의 후손으로, 유홍의 아들입니다.

헌제는 신하에게 황실의 족보를 살펴보게 했어.
유 공은 폐하의 작은아버지뻘이 됩니다.
뭐? 작은아버지뻘?

헌제는 무척 기뻐하며 유비를 안채인 편전에 들게 하여, 조카뻘로서 작은아버지뻘 되는 유비에게 예를 갖추었어.
송구스럽군.

헌제는 깊은 생각을 했어.
조조가 권력을 한손에 쥐고 나라의 일을 멋대로 하는 이때,

영웅인 작은아버지를 만났으니, 앞으로 나에게 큰 도움이 되겠구나!

헌제는 유비를 좌장군으로 임명하고 큰 잔치를 베풀었어.
작은아버지, 많이 드십시오.
예, 폐하!

이때부터 사람들은 유비를, 황제의 작은아버지(숙부)라 하여 '유 황숙'이라고 불렀어.
저기, 유 황숙께서 지나가신다.

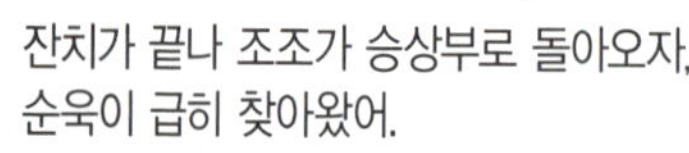

잔치가 끝나 조조가 승상부로 돌아오자,
순욱이 급히 찾아왔어.

오, 순욱! 오늘 폐하께서
작은아버지를 위해
큰 잔치를 베푸셨소.

폐하께서
유 공을
작은아버지라고
하셨으니,
승상께는
좋지 않게
된 것
같습니다.

유비가 황제의
작은아버지뻘이 된다고 해도,
내가 황제의 조서를
받들어 명령하면,

따르지 않고
거스르지는
못할 것이오.

더구나 그를
허도에 붙잡아 두면
내 손안에 있으니
조금도 걱정할 것 없소.
그래서
유 공을,
백성들이
원해도
서주에
두지 않고
데리고
온 거요.
내가 걱정하는 사람은
유비가 아니라 양표요.
그는 조정의 높은 대신인데
원술의 친척이니,
그가 원소·원술과 힘을 합지면
큰일이오.

그를 곧 없애 버려야겠소!

조조는 양표가 원술과 몰래 역적질을 하기로 했다고 뒤집어씌워 옥에 가두고 곧 죽이려 했어.

이때, 허도에 와 있던 북해 태수 공융이 조조를 찾아왔어.

양 공은 아주 훌륭한 집안에서 태어난 충신인데, 원술과 친척이 된다는 사실만으로 죽여서야 되겠습니까?

조조는 할 수 없이 양표를 죽이지 못하고, 벼슬을 빼앗은 뒤 시골로 쫓아 버렸어.

훠어!

양표는 아내를 시켜,
역적 이각과 곽사가 서로
싸우게 했었잖아요?

맞아요.
헌제의 걱정을
없애 드리려고
했었죠.

황제를 가까이에서 모시는 벼슬아치 조언이
조조의 나쁜 짓을 보고 화가 나서, 황제에게
글을 올렸어.

조조가 폐하의 허락을
받지도 않고, 폐하께서
임명하신 충청스러운
대신을 멋대로 잡아
옥에 가두고 벼슬을
빼앗았습니다.

이 사실을 알고 조조는 크게 화가 나서, 조언을 잡아 죽였어.

악!

벼슬아치들은 모두 조조가 무서워서 벌벌 떨었어.
쉿!
입 조심!
목숨이 아까워!

참모 정욱이 남몰래 조조를 찾아와 조심스럽게 말했어.
승상의 높으신 권세가 천하를 흔듭니다. 이런 때에 왜 더 높은 자리에 오르지 않으십니까?

조정에 아직도 황제에게 충성하는 신하들이 많아 함부로 움직이면 안 되오.

황제를 모시고 사냥하러 가서 그들의 속마음을 한번 살펴봐야겠소.

헌제는 사냥을 별로 좋아하지 않았으나, 조조가 가자고 해서 마지못해 성 밖으로 사냥하러 나섰어.

그런데 조조는 건방지게 헌제의 뒤를 따르지 않고, 헌제와 말 머리를
나란히 하고 걸었어.

헌제는 허전의
사냥터에 이르자,
유비를
돌아보았어.
오늘은 작은아버지의
활 솜씨를 한번 보고 싶소.

조조의 10만 군사가 사냥감 짐승을 몰아, 마침 풀숲에서 토기 한 마리가 뛰쳐나왔어.
유비는 토끼를 쫓아가며 활을 쏘았어.

핑!

꾹!
유비가 활을 쏘아 토끼를 맞히자, 헌제는 무척 좋아했어.
작은아버지의 활 솜씨가 놀랍소!
짝 짝 짝!
헌제가 좀 더 나아가자, 큰 사슴 한 마리가 가시덤불 속에서 튀어나왔어.
앗, 사슴이다!
후닥닥

헌제는 재빨리 활을   쏘았어.
핑!

잇달아 세 차례 쏘았으나 사슴을 맞히지 못했어.
핑
핑
핑

안 맞는군. 경이 한번 쏘아 보오.

잠깐 폐하의 활과 화살을 주십시오.

조조는 헌제의 활과 화살을 받아 사슴을 쏘았어.
핑!

펴
캑!
황제 폐하의 화살이다!
폐하께서 사슴을 맞히셨다!
황제 폐하 만세
오, 고맙다, 고마워!

뭐라고?
황제 폐하께 드리는 축하를 승상이 가로채다니!

유비가 급히 관우를
말려, 관우는
가까스로 참았어.

조조가 유비를 돌아보자,
유비가 시치미를 떼고 얼른 인사했어.

조조는 분에 넘치게도, 활을 헌제에게 돌려주지 않고 자기가 가졌어.
내 활인데…….

사냥이 끝나 집에 돌아오자,
관우가 기다렸다는 듯이 물었어.
형님!
역적 조조 놈이 감히 폐하를 업신여기기에 제가 놈을 없애 나라를 바로잡으려 했는데, 왜 말리셨소?

폐하께서 조조와 가까이 계시고, 조조의 심복들이 둘러싸고 있어서,
조조를 죽이려다 못 죽이고 폐하께서 다치기라도 하시면,

우리가 죄를 뒤집어쓰게 될 것 같아서 말렸다.
오늘 그놈을 죽이지 못했으니, 뒷날 나라에 틀림없이 큰 불행을 가져올 것입니다.
쉿, 그런 말 함부로 하면 안 된다.
한편, 헌제는 궁궐로 돌아와 길게 한숨을 쉬고 복 황후에게 말했어.
오늘 사냥터에서 군사들이 나에게 만세를 불렀는데, 조조가 나를 제치고 나서서 그 만세를 받았소.
역적들을 없애고 나라를 바로 세우라고 조조를 불렀더니,
권력을 다 쥐고 나를 무시하고 멋대로 설치고 있소.

머잖아 그가 나라를 빼앗으려 할 텐데, 그렇게 되면 우리 부부는 죽게 될 것이오.

조정의 많은 신하들 가운데 나라를 구할 사람이 하나도 없단 말입니까?

두 분께서는 너무 걱정하지 마십시오.
?
?

제가 나라를 구할 사람을 추천하겠습니다.
나타난 사람은 황후의 아버지, 복완이었어.

장인께서도 조조가 사냥터에서 한 짓을 보았소?

저뿐만 아니라 많은 사람들이 보았습니다.

그런데 조정에 있는 사람들이 거의 조조의 심복들이니, 폐하의 친인척이 아니면 누가 목숨을 걸고 역적을 없애겠습니까?

저는 늙어 힘이 없어서 이 일을 하기가 어렵지만,

동승은 할 수 있을 것입니다.

동승은 헌제의 첩인 동 귀인의
오빠이며, 충성스러운 장군이었어.

그는 전에 헌제가 이각·곽사의 군사에게 쫓길 때,
헌제를 낙양까지 호위했었어.

그렇다면 동승을 불러
의논해 보겠소.

지금 폐하 가까이
있는 사람들은
모두 조조의
심복들이니,

비밀이 새 나가면
큰일 납니다.
아주 조심하셔야
합니다.

그럼 어떻게 해야 되겠소?
제가 좋은 방법을 말씀드리겠습니다.
복완은 헌제에게 방법을 이야기해 주었어.
헌제는 비단 두루마기를 짓게 하고, 옥으로 장식한 허리띠를 만들게 했어.
그리고 손가락 끝을 깨물어 피로 흰 비단 조각에 비밀 조서를 써서,
복 황후에게 옥띠 속에 감쪽같이 기워 넣게 했어.

헌제는 그 두루마기를 입고 옥띠를 띠고 동승을 불렀어.

경은 전에 나를
구해 주었는데,
그때는 경에게 줄 것이
아무것도 없었소.

경의 공로를
잊을 수 없어,
새로 옷을 지어
내리는 바이오.

동승이 가까이 와서 손을 내밀자,
헌제는 재빨리 동승에게 속삭였어.

경은 집으로 돌아가
옷을 잘 살펴보고
나의 뜻을 저버리지
마시오!

예,
폐하!

동승은 두루마기를 입고 옥띠를 띠고 궁궐 뜰을 걸어 집으로 향했어.

이때, 조조가 허겁지겁 오다가 동승과 마주쳤어.
아, 승상!

동승이 와서 헌제와 이야기하고 있다는 부하의 보고를 받고 급히 오는 길이었어.
그대가 여기, 웬일로 오셨소?

폐하께서 부르셔서 왔더니, 이 옷과 띠를 내리셨습니다.
왜 그것들을 주셨소?

옛날에 폐하를 지켜 드린
공을 잊지 못해 내린다
하셨습니다.
그 띠를 풀어
나에게 좀 주어 보시오.

예?

동승은 두루마기나 띠 속에 틀림없이
비밀 조서가 숨겨져 있으리라 생각해서
크게 놀라 우물쭈물했어.

빨리 저 띠를 풀어
가져오너라!
실례!

여기 있습니다.
으음…….

조조는 비단옷을 햇빛에 비춰 보다가 입었어.
참 좋은 옥띠요.
그 비단옷도 벗어서
보여 주시오.
아아,
예…….
내가 입으니
어떠냐?
아주 잘
어울리십니다.
이 옷과 띠를
내게 주면
안 되겠소?
폐하께서
내리신 것이어서
드릴 수가 없습니다.
대신 제가 따로
지어 드리겠습니다.
이 옷과 띠에
특별한 비밀이 숨겨
있어서 그러는 게
아니오?
그, 그럴 리가요.
의심이 되신다면
승상께서
가지시지요.

동승은 집으로 돌아와 서재에서 비단옷을 살펴보았어. 그런데 색다른 것이 없었어.

동승은 비단옷과 옥띠를 자세히 살펴보다가 지쳐서 잠깐 졸았어.

그런데 갑자기 등잔불에서 불꽃이 튀더니, 옥띠 위에 떨어져, 띠가 타기 시작했어.

이, 이게 무슨 냄새지?

앗! 옥띠, 옥띠가……!
동승은 급히 옥띠의 불을 껐어.

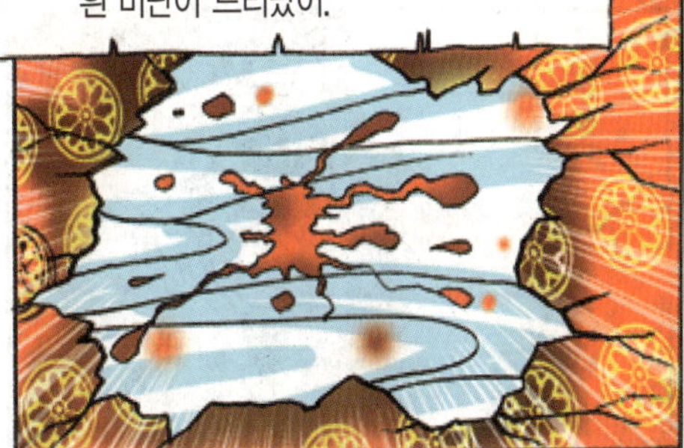

그런데 옥띠에는 이미 구멍이 나고, 그 구멍 속에서 핏자국이 있는 흰 비단이 드러났어.

동승은 재빨리 흰 비단 조각을 꺼내 펼쳐 보았어.
폐하께서 피로 쓰신 비밀 조서다!

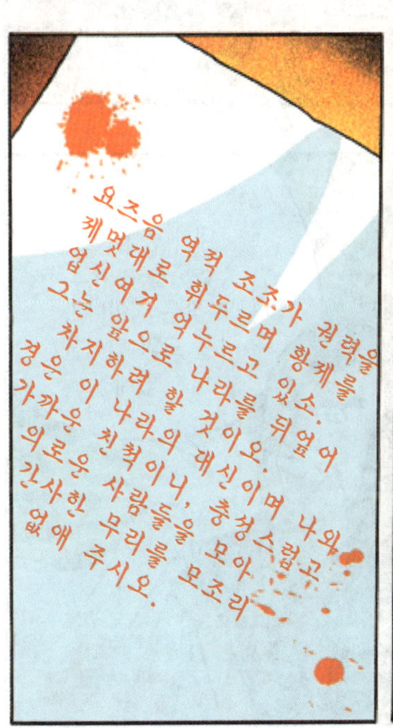

요즈음 역적 조조가 권력을 제멋대로 휘두르며 황제를 업신여겨 억누르고 있소. 그는 앞으로 나라를 뒤엎어 차지하려 할 것이오. 짐은 이 나라의 대신이며 나와 가까운 친척이니, 충성스럽고 의로운 사람들을 모아 간사한 무리를 모조리 없애 주시오.

동승은 눈물을 흘리며 조서를 읽고 또 읽었어.
아아, 어떻게 충신들을 모아 역적들을 없애지?

동승은 밤새껏 애를 태우다가 새벽녘에야 잠이 들었어.

아침이 되어 동승을 찾아온 왕자복이, 동승의 팔 아래 깔린 조서를 보았어.
앗, 피로 쓴 글이잖아!

왕자복은 황제를 가까이에서 모시는 벼슬아치였는데, 동승과 아주 친했어.
이, 이것은 황제 폐하의 비밀 조서다!

왕자복은 급히 조서를 소매 속에 감추고, 큰 소리로 동승을 깨웠어.
공은 어찌 그리 마음이 편하시오?

앗, 조, 조, 조서……!

조 공을 죽이려 하는군. 내가 조 공에게 일러바치겠소!
그대가 그러면 우리 한나라는 끝장나오!

하하하, 내가 공을 한번 놀렸을 뿐이오. 나도 작은 힘이나마 공을 도와 역적을 없애겠소.

그대가 그렇게 해 준다면, 나라에 큰 행운이 될 것이오.
그러면 연판장을 만들어 우리 두 사람이 먼저 이름을 쓰고 충신들을 모으기로 합시다.
'연판장'은 어떤 일을 하기로 맹세하는 사람들이 자기의 이름을 쓰는 문서야.
동승은 바로 흰 비단 조각을 가져와 연판장을 만들었어.
우리는 나라를 위해 역적을 없애기로 목숨을 걸고 맹세 한다.
동승
왕자복

동승과 왕자복은 믿을 수 있는 사람들을 몰래 불러, 연판장에 이름을 쓰게 했어.
동승
왕자복
오자란
충집
오석
오자란은 장군인데 왕자복이 부르고, 충집은 황제를 경호하는 부대의 무관, 오석은 황제를 가까이에서 모시는 벼슬아치인데, 동승이 불렀어.

동승은 왕자복, 오자란, 충집, 오석을 뒤채로 청해 술을 냈어.
이때, 하인이 와서 동승에게 알렸어.
서량의 마등 태수님께서 오셨습니다.
내가 몸이 아파서 지금은 만날 수 없다고 말씀드려라.
하인이 동승의 말을 전하자, 마등이 크게 화를 냈어.
내가 어제 궁궐에서 그가 비단옷을 입고 옥띠를 띠고 가는 것을 보았는데,
왜 몸이 아파서 만날 수 없다고 하느냐? 중요한 일이 있어서 꼭 만나야 한다고 말씀드려라!

동승은 할 수 없이 마등을 서재로 안내했어.
마 태수께서 갑자기 웬일이시오?
황제 폐하를 뵙고 서량으로 돌아가려고 공께 인사드리러 왔는데, 왜 안 만나 주려 하시오?

갑자기 몸이 아파서 그랬소. 용서하시오.
내가 보기에는 편찮으신 것 같지 않소.

나를 따돌리려 하시는 것 같으니 그냥 가겠소.

마등은 동승이 말릴 사이도 없이 문 밖으로 나가려 하며 한마디 했어.
동 공도 역적에게서 나라를 지킬 사람이 아니로군.

그게 무슨 말씀이오?
사냥터에서 있었던 일을 생각하면 지금도 화가 치미는데,
공은 폐하와 가까운 사람인데도 역적을 없앨 생각을 하지 않고 있지 않소!
폐하께서 조 승상을 크게 믿으시는데, 공은 왜 그런 말을 하시오?
공은 아직도 조조를 충신이라고 믿소?
조조의 심복들이 어디에나 깔려 있으니 목소리를 낮추시오.
목숨이 아까워 겁내는 사람들과 어찌 큰일을 의논할 수 있겠소!

공은 그만 화를 푸시오. 보여 드릴 것이 있소.

동승은 마등에게 헌제의 조서를 보여 주었어.
으음…….

공이 일을 일으키시면, 내가 곧 서량의 군사들을 이끌고 와서 돕겠소.

동승은 마등을 뒤채로 데리고 가서 술을 마시는 사람들을 소개하고,
우리와 뜻을 함께하기로 맹세한 사람들이오.

마등에게 연판장에 이름을 쓰게 했어.

그런데……

왜 그 사람을
빠뜨리셨소?

그 사람이라니,
누구 말씀이오?